A Assinatura Perdida

Aramis Ribeiro Costa

A ASSINATURA PERDIDA
Contos

ILUMINURAS

Copyright ©:
Aramis Ribeiro Costa

Copyright © desta edição:
Editora Iluminuras Ltda.

Capa:
Fê

Revisão:
Ana Paula Cardoso

Composição:
Iluminuras

ISBN: 85-7321-036-2

1996
EDITORA ILUMINURAS LTDA
Rua Oscar Freire, 1233
01426-001 - São Paulo - SP
Tel.: (011)852-8284
Fax: (011)282-5317

ÍNDICE

Miolo de Pão 11

Itapagipe 17

Visita à Casa Paterna 37

O Morto Rogaciano 45

Kety 55

Dez Anos Depois 63

Mãe 69

Assassino 79

A Oportunidade 83

Chico do Morro 91

A Mágoa Eterna de Dona Cizinha 99

A Assinatura Perdida 111

*Para os meus avós
Arlindo e Alina, Eduardo e Alice
e Tivalina – também avó pelo coração –
com o meu amor e a minha saudade
enquanto eu viver.*

*Para Josué Montello
e seus romances de São Luís
– com admiração e amizade.*

*Para Gerana – vestida de amor
                        e poesia.*

MIOLO DE PÃO

A primeira vez foi um pânico dentro de casa. A velhinha Dona Naná, sequinha e enrugada, arregalou os olhos e, levando a mão aberta ao coração, gritou, com a sua vozinha fina:

– Vou morrer!

Em seguida, enquanto todos se precipitavam para ela, abriu a boca, pôs a língua de fora, e caiu estatelada no espaldar alto da cadeira de vime, que era só dela, só ela sentava.

Aflita, a família não sabia o que fazer. A filha, o genro, o neto, a esposa do neto, os bisnetos, cada um corria para um lado, cada um queria tomar uma providência diferente. Enfim chamaram uma ambulância, enquanto a socorriam, com abanos e copos d'água, e lhe passavam algodão com álcool nos pulsos, no nariz, em toda parte.

Ela nem se mexia, escarrapachada, parecendo morta, na sua cadeira de vime. E a ambulância, que não chegava? Iam até a janela, voltavam a ligar para o hospital. De lá diziam que já tinha saído. Tinha saído, mas não chegava. Quando chegasse, já não adiantava mais, a velha já tinha morrido. E a filha chorava, em desespero:

– Mamãe! Mamãe! Fale comigo, mamãe! – suplicava, as lágrimas caindo, enquanto a sacudia.

O genro não dizia nada, mas erguia os ombros e pensava: também, com noventa e oito anos, que podiam esperar? A sogra não era eterna, um dia... O neto voltava ao telefone, dizendo palavrões, a esposa do neto tentava controlar os bisnetos, aos berros pela casa.

Afinal a ambulância chegou. Mas, enquanto o médico e seus auxiliares iam entrando, Dona Naná foi respirando melhor, foi pondo a língua para dentro, fechando a boca, desarregalando os olhos, aprumando-se, e até ajeitou o vestido sobre as pernas. Quando a equipe arrodeou a cadeira de vime, já ela estava sentada durinha, bem fagueira, olhando para tudo muito esperta, como se não tivesse nada com tudo aquilo. Mesmo assim, foi examinada minuciosamente. Até fizeram um eletrocardiograma, ali mesmo. E a conclusão do médico embasbacou a família: ela não tinha nada. A filha indignou-se:

– Como não tem nada?! Minha mãe com noventa e oito anos, quase morre, e não tem nada?!

O genro ergueu os ombros, achando impossível, o neto sacudiu a cabeça, inconformado, a esposa do neto impedia os bisnetos de atrapalharem o doutor.

O médico confirmou com a cabeça, e, reexaminando o gráfico do eletro, concluiu:

– O coração dela está mais forte que o meu.

Mesmo assim cobrou uma nota preta, a visita, o eletro, um atendimento completo, não importava que não precisasse passar remédio, ou transportá-la para o hospital. E ficou tudo por isto mesmo, a velhinha tranqüila, na sua cadeira de vime, como se nada acontecera.

Poucos dias depois, novo pânico. A cena repetiu-se. Dona Naná, que estava ótima, de repente tornou a arregalar os olhos e, pondo a mão sobre o coração, gritou:

– Vou morrer!

E, abrindo a boca e pondo a língua de fora, estatelou-se.

Em desespero, a família voltava a não saber como agir. Chamar outra vez a ambulância, pagar uma dinheirama para o médico dizer que ela não tinha nada? Já chorando, enquanto a sacudia, a filha afirmava:

– Não vou deixar mamãe morrer sem assistência médica! Não vou!

Miolo de Pão

O genro erguia os ombros, achando, em silêncio, que, desta vez, não tinha jeito. O neto não sabia se ligava ou não para a ambulância. A esposa do neto dava merenda aos bisnetos. Desta vez carregaram-na, puseram-na no carro, e a levaram, eles mesmos, para o hospital mais próximo. Mas, já no caminho, Dona Naná foi se ajeitando no banco do automóvel e, lá para as tantas, já prestava atenção, divertida, na paisagem, tudo muito novo e interessante para ela.

Quando chegaram ao hospital, ela já desceu andando, querendo saber para onde iam, e dizendo que queria sorvete de mangaba. Já que estavam ali, resolveram entrar. Mais uma vez foi completamente examinada, e a conclusão do médico foi a mesma:

– Ela não tem nada.

E acrescentou:

– Isto deve ser arteriosclerose.

Na volta para casa, o neto, ao volante, foi bolando um plano. Em casa, explicou à família: miolo de pão. Fariam pequenos comprimidos com miolo de pão molhado, e deixariam estocados. Quando ela tivesse a crise, dariam o comprimido. A filha não acreditou muito, o genro levantou os ombros, será que funcionava?, a esposa do neto, trocando a roupa dos bisnetos, achou uma ótima idéia, e o neto pôs-se a fabricar os comprimidos, e até inventou um nome:

– O remédio vai se chamar Tonax.

– Por que Tonax?

O neto deu uma explicação qualquer, e guardou os miolinhos de pão transformados em comprimidos, aguardando, agora, ansioso, a próxima crise da avó. Não demorou. Poucos dias depois, na cadeira de vime, a velhinha arregalou os olhos e, levando a mão ao peito, gritou:

– Vou morrer!

E já foi abrindo a boca, e botando a língua de fora.

O neto deu um pulo, correu ao vidro dos comprimidos

de pão, já trouxe um com um copo d'água, gritando no ouvido dela:
– Tome ligeiro o remédio, vovó! É Tonax!
E enfiou-o pela boca aberta da avó, fazendo-a engolir. A família inteira aguardava, em suspense. Daria certo? Não daria? Foi uma maravilha. Imediatamente Dona Naná fechou a boca, desarregalou os olhos, tirou a mão do coração, ajeitou-se na sua cadeira de vime, e pediu para ligarem a TV, que estava na hora da novela. A filha suspirou aliviada, o genro ergueu os ombros assombrado, a esposa do neto, separando os bisnetos, que brigavam, achou que o marido era um gênio, e o neto, triunfante, pensou até em patentear o Tonax. Quem sabe, poderia industrializar comprimidos de miolo de pão, fazê-los vender nas farmácias, quem sabe, ganharia o prêmio Nobel de medicina, mesmo não sendo médico, quem sabe, quem sabe? E, orgulhoso, foi fabricar mais comprimidos de miolo de pão.

Agora estavam todos tranqüilos em relação à próxima crise. Que viesse, já possuíam o remédio. E o ataque seguinte não tardou, e outro, e outro, sempre da mesma forma. O Tonax resolvia o problema milagrosamente, em questão de segundos. A partir de certo momento, a velhinha mudou o seu brado de alerta. Em vez de gritar vou morrer, com os olhos arregalados, berrava:
– Tonax!
Corriam ao pote, vinha o Tonax com um copo d'água, tudo se normalizava. Mas, um dia, ao abrirem o vidro do remédio, não havia nenhum comprimido. Que acontecera, que não acontecera? A filha não sabia explicar, o genro erguia os ombros, intrigado, a esposa do neto não disse em voz alta, porém de pronto concluiu que os bisnetos haviam descoberto o vidro e comido todo o Tonax da velha, e o neto, furioso, brigava com todo mundo. E a velhinha lá, esparralhada na cadeira de vime, os olhos arregalados, a boca aberta, a língua de fora, a mão no peito, a exigir:

Miolo de Pão

– Tonax! Tonax!

No desespero, a filha teve uma idéia: e se dessem um outro comprimido qualquer, dizendo que era Tonax? O genro encolheu os ombros, não tendo uma resposta, o neto não sabia se daria certo, a esposa do neto não se manifestou, procurando os bisnetos pela casa. A filha correu a pegar um analgésico e um copo d'água, e meteu-lhe o comprimido na boca, como faziam com o miolo de pão.

– Tome, mamãe, é Tonax!

E ofereceu-lhe o copo d'água. Mas Dona Naná recusou a água, cuspiu fora o comprimido, e tornou a gritar, ainda mais esganiçada:

– Tonax! Tonax!

Desarvorada, a família não sabia o que fazer, a filha voltava a olhar o vidro vazio do Tonax, o genro erguia os ombros, sem, absolutamente, nenhuma idéia, o neto procurava pão na cozinha para fabricar, às pressas, um comprimido, um único, a esposa do neto tratava de pôr os bisnetos para dormir, antes que descobrissem que eles haviam comido os comprimidos, e o neto desesperava-se por ver que não havia mais pão, tinham comido tudo no jantar. Vendo que não lhe traziam o seu remédio, a velhinha olhou em torno, e voltou ao seu velho grito:

– Vou morrer!

E, antes mesmo que a filha conseguisse um miolo de pão com a vizinha, antes que o genro erguesse os ombros, antes que o neto parasse de gritar, antes que a esposa do neto pusesse os bisnetos para fazer xixi, a velhinha Dona Naná arregalou ainda mais os olhos, abriu ainda mais a boca, pôs, ainda mais, a língua para fora e, deixando cair a mão magrinha que mantinha espalmada sobre o coração, suspirou e morreu.

ITAPAGIPE

19 horas. No rádio enorme de madeira o *speaker* anunciou, solene, *A Voz do Brasil*. Ainda na mesa, diante da xícara média já vazia, Jailton, como sempre o último a terminar a ceia, olhou o pai pelos cantos dos olhos. Sentado na sua cadeira de lona, de abrir, numa das quinas das paredes da sala, bem ao lado do rádio, Maciel ouvia os primeiros acordes da abertura d'*O Guarani*. Logo em seguida, na voz empostada e grave do locutor do Rio de Janeiro, vinham as notícias.

Maciel tinha o hábito de sentar-se inclinando a cadeira até encostar na junção das paredes, equilibrando-se nas suas duas pernas traseiras. Às vezes fechava os olhos enquanto ouvia e, quase sempre, cochilava, não ouvindo coisa alguma. Quando isto acontecia, era um milagre que continuasse equilibrado nas duas pernas traseiras da cadeira. Na mesa, Jailton preparava-se para o seu trabalho de todas as noites, de arrancar-lhe um dinheiro, para sair. Como sempre, não fez rodeios, foi direto ao assunto:

– Me arranje vinte cruzeiros, pai...

Imediatamente o velho fechou os olhos, fingindo que dormia. Chegou até a abrir um pouco a boca, para fingir melhor.

– Pai! – Jailton insistiu.

De lá da cozinha, falando bem alto, quase gritando, a mãe interveio a seu favor.

– O menino está falando, Maciel!

Com todo aquele barulho não era mais possível fingir que dormia. Abriu os olhos, resmungou:

A Assinatura Perdida

— Já ouvi. Quer dinheiro, e eu não vou dar.
— Pai!
— Maciel!
— Não adianta pedir.

Estendendo o braço girou um dos botões do rádio, aumentou o volume. Dona Carmosa largou os afazeres da cozinha, chegou à porta da sala de jantar, enxugando as mãos no avental.

— Como você pode ser tão duro com ele, homem? Dê o dinheiro que o menino tá pedindo...
— Todo dia ele quer dinheiro.
— O menino precisa se distrair, Maciel!
— Menino nada! Tem dezoito anos, já é um homem! Na idade dele, eu trabalhava num armazém. Dava duro, dava duro. Ninguém me dava dinheiro não.
— Mas eu tou estudando, pai...
— Estudando nada! — bradou o velho Maciel, erguendo muito as sobrancelhas e tornando a abaixar o volume do rádio, para melhor ser ouvido. Tinha o rosto muito vermelho, e as veias do pescoço intumescidas. — Você está é parasitando! Com dezoito anos na segunda série de ginásio, e ainda diz que está estudando?
— Eu fiquei doente, o senhor bem sabe. Por isto perdi o ano.
— Perdeu *um* porque ficou doente. *Um!* Muito bem. E os outros?
— Tem um professor me perseguindo.
— Qual! Lérias! O que você é, é um pândego de marca maior! Um malandro, isto sim! Só quer saber de banho salgado, cinemas, namoradas, babas, bailes, não sei mais o quê... Não quer nada com os estudos!

Tirando as últimas louças sujas da mesa, Dona Carmosa voltou a intervir em favor do filho.

— Deixe o sermão pr'outra hora, Maciel. Dê logo o dinheiro.

O velho resmungou mais algumas das acusações que fazia todas as noites e, para ver-se livre, perguntou:

— Quanto é que você quer?
— Vinte cruzeiros...

Itapagipe

– Pra quê?
– Eu preciso.
– Precisa, precisa! Você vê, Carmosa? Ele precisa! É sempre assim! Ele precisa!
– É... – insistiu Jailton.
– Não, vinte eu não posso dar não. Não sou ladrão, nem tenho fábrica de dinheiro no fundo do quintal, para ficar lhe dando vinte cruzeiros toda noite.
– Mas eu não peço toda noite...
– Como não?! Ontem pediu, anteontem...
– Ontem o senhor não deu.
– Mas dei anteontem. Cadê o dinheiro que lhe dei anteontem?
Jailton impacientou-se:
– Pai, eu já estou atrasado! O senhor vai me dar ou não?!
Sem responder, Maciel tornou a aumentar o volume do rádio, fingindo que prestava atenção em uma notícia sem nenhuma importância, do Congresso Nacional.
– Pai! – Jailton insistiu.
– Maciel! – ajudou Dona Carmosa, limpando, com uma escovinha, os farelos da mesa já sem louças. – Responda ao menino!
– Vinte, não!
– Então quanto é que o senhor vai me dar?
– Eu não disse que vou lhe dar.
– Mas vai, não vai, pai?
Silêncio. Na sala, só o locutor d'*A Voz do Brasil*.
– Não vai, pai?
O velho suspirou. Qualquer coisa era melhor que aquela aperreação. Desencostou a cadeira da quina, voltando-a à posição correta, meteu a mão no bolso fundo da calça, tirou um maço de dinheiro onde as cédulas de menor valor estavam por fora, para enganar quem via o maço, pensou um pouco e disse, estendendo-lhe uma nota:
– Tome cinco, e não reclame.

A Assinatura Perdida

Jailton levantou-se da mesa devagar, arrastando a cadeira, contrariado. Pegou a cédula, ficou olhando:

— Mas pai! Cinco cruzeiros!

— Dê mais um pouco, Maciel! Mais um pouco... — pediu Dona Carmosa, enquanto tirava e dobrava a toalha da mesa.

Maciel olhou-a, aborrecido. Carmosa não sabia o quanto custava ganhar dinheiro. E tinha mais: se o filho estava daquela forma, a culpa era dela, que o apoiava, e até encobria os seus malfeitos. Desde pequeno era assim. Ele chegava em casa à noite e perguntava: Jailton estudou, Carmosa? Invariavelmente ela respondia: Estudou! Não tinha estudado nada, tinha empinado arraia, jogado gude, tomado banho de mar, tudo, menos estudar. E tome pau no colégio. Mas já não se sentia com vontade de continuar aquela conversa. Pelo menos não mais naquela noite. A contragosto tirou mais uma nota do maço:

— Tome. Mais cinco. São dez.

Jailton tomou a outra cédula, mas ainda não se deu por satisfeito:

— Mas pai! Dez! Eu preciso de vinte!

Maciel guardou o maço de dinheiro no bolso, tornou a inclinar a cadeira na quina das paredes.

— Não posso dar mais. E não quero mais discutir isto.

— Mas...

— E vá logo embora, antes que eu me arrependa e torne a tomar o dinheiro.

Jailton viu que não adiantava. Por aquela noite, já tirara tudo que poderia tirar do velho. A mãe lhe disse, guardando a toalha dobrada:

— Se eu tivesse eu lhe dava, meu filho. Mas você sabe que eu não tenho...

Dizia isto todas as noites, e nem seria preciso, pois Jailton sabia perfeitamente que ela não tinha mesmo, naquela casa só quem ganhava dinheiro era o velho. Não disse mais nada. Metendo as duas notas de cinco na carteira e guardando-a no

Itapagipe

bolso traseiro da calça, passou o pente nos cabelos mais uma vez, cheirou-se, e saiu.

A noite era suave e mansa na Rua Marquês de Santo Amaro. Àquela hora as famílias ainda permaneciam sentadas às portas das casas, aproveitando o fresco da rua: os homens em compridos pijamas de listras, nas espreguiçadeiras de armar; as senhoras nos seus folgados vestidos caseiros, em pequenas cadeiras de lona, de fácil transporte; as mocinhas casadoiras às janelas, os olhos compridos na rua quase deserta, esperando os namorados, ou sonhando em tê-los. Os raros passantes andavam sem pressa, dando a impressão de nada mais terem a fazer, além de caminhar pela noite. E tanto fazia andarem sobre o passeio ou em plena rua sem calçamento e praticamente sem veículos. Talvez até melhor pela rua, por ser mais livre.

Um bonde solitário surgiu, vindo da Rua Sacramento Blake, e seguiu em direção ao Largo da Madragoa. Ia quase vazio. Além do motorneiro e do condutor, apenas dois ou três passageiros, que apreciavam o percurso, distraídos, como se estivessem dando um interessante passeio. Jailton resmungou:

– Dez cruzeiros! Eu peço vinte e ele me dá dez! É sempre assim.

Mas a noite tinha o poder de envolvê-lo, dava-lhe a sensação de liberdade. Além do mais, ia ver Susi. Instintivamente meteu a mão nos bolsos da camisa, à procura de algum cigarro perdido, dos avulsos que costumava comprar. Nada. Fumara-os todos. Também comprava aos retalhos, dois, três, o dinheiro nunca dava para um maço inteiro. Olhou o relógio. Seu horário com Susi – rigidíssimo – era das 19h30 às 21h. Nem um minuto a mais, nem um a menos. Como ainda dispunha de alguns minutos, deu-lhe vontade de dar um pulo até o Largo da Madragoa, ali pertinho. Compraria cigarros e caramelos à porta do Cine Itapagipe, os caramelos para Susi, ela adorava. Era pertíssimo, mesmo a pé chegou logo. Lá estava o Cine Itapagipe, aberto e aceso, Martinha na porta, vestida de baiana, engomada e elegante, por detrás do seu tabuleiro de tanta coisa gostosa: amoda, bolo de estudante, doce de tamarindo, cocada branca, cocada preta, queijada, abará, acarajé – o melhor acarajé do bairro.

Jailton viu-se correndo picula no largo, por entre os oitizeiros, subindo e descendo do palanque, espiando de longe e a medo a Pharmácia Britto, toda de mármore, com os degraus de mármore na entrada, a grade, os balcões com vidros e frascos coloridos, e aparelhos curiosos que o fascinavam. E chegava à frente do cinema, um pirralhinho deste tamanho, perguntando:

– Martinha, quanto é a cocada?

– Um cruzeiro.

- Eu só tenho cinqüenta centavos. Você me vende metade?

Martinha sorria, bondosa, entregava-lhe a cocada inteira.

– Tome, mas não conte a ninguém. Ouviu?

Ele saía correndo contente, ia sentar no palanque para comer a cocada.

Jailton aproximou-se do Cine Itapagipe. Mesmo sendo um dia de semana, várias pessoas já compravam o bilhete de entrada, para a sessão das oito. Em cartaz, a última chanchada da *Atlântida*, com Oscarito e Sônia Mamede – um sucesso enorme. Ele pensou nas pernas de Sônia Mamede, mais que nas risadas que daria com Oscarito. Havia combinado com Susi verem no sábado, e certamente Lúcia, a chatíssima da irmã dela, também iria, atrapalhando. Comprou dois cigarros *Continental*, avulsos, meteu um no bolso outro na boca, pediu a alguém para acender. Comprou, também, alguns caramelos para Susi e seguiu, agora apressado e consultando o relógio, pela Rua Lélis Piedade. Um ou outro bonde passava, um ou outro lotação, uma ou outra marinete. Os automóveis particulares – pretos, enormes – eram ainda mais raros. Nas portas das casas, sobre as calçadas, como na Rua Marquês de Santo Amaro, famílias inteiras descansavam e tomavam fresco em cadeiras de lona. Cada vez que passava por um desses grupinhos, Jailton era obrigado a dar boa-noite. A resposta vinha em coro, como ensaiada:

— Boa-noooite!

Uma que outra senhora, amiga da sua mãe, perguntava, com voz cantada:

— Como vai Carmosa?

Sem parar de andar, sem nem diminuir o ritmo da caminhada, Jailton respondia:

— Bem, obrigado.
— Dê lembranças...
— Obrigado.

Achava aquilo detestável, mas que jeito? Ainda de longe viu que os pais da namorada também encontravam-se à porta. Não era sempre que ficavam, só quando a noite estava muito quente. Quando isto acontecia, Jailton ficava furioso, pois atrapalhava o seu namoro com Susi. Jogou o cigarro fora, ainda pela metade, resmungou:

— Que porra! Hoje não vou poder dar os meus apertos!

Chegou todo acanhado, deu boa-noite aos velhos. Dona Nicinha, sentada na sua cadeira de lona, de abrir, os óculos de aros redondos no meio do nariz, as mãos ocupadas no interminável tricô, respondeu. Mas Seu Eurico, na espreguiçadeira, metido num pijama azul de listras, os pés enfiados nuns macios chinelos de couro, fumando charuto e lendo *A Tarde*, nem respondeu nem tirou os olhos do jornal.

— Susi está?

— Susi! Jailton está aqui! — gritou a mãe dela para dentro de casa, sem responder diretamente e sem parar o tricô.

Susi surgiu imediatamente, com um cheiro fresco de banho recente e alfazema. Era magrinha e toda delicada; tinha a pele muito clara, quase transparente, os lábios finos porém bem desenhados, o nariz afilado e os olhos, castanhos e pestanudos, um pouco grandes; era, também, um pouquinho sardenta; mas era bonita. Vestia um vestido branco com enfeites cor-de-rosa, e sorria. Ele aplicou-lhe um beijo escabriado na testa, ofereceu-lhe os caramelos. Ficava todo sem jeito quando Seu Eurico e Dona Nicinha estavam na porta, principalmente Seu Eurico, que parecia não gostar dele. Susi arregalou os olhos bonitos, meteu logo um caramelo na boca, ofereceu um à mãe, que aceitou sem se fazer de rogada. Com o embrulhinho dos caramelos numa das mãos, perguntou:

— Quer um, pai?

Sem responder Eurico olhou os caramelos por cima do jornal, fez cara de quem cheirava merda, quebrou a cinza do charuto com uma pancada do dedo indicador, meteu-o na boca, e voltou à leitura sem dizer palavra. Susi não insistiu. Lúcia, a irmã mais nova, surgiu na janela, sacudindo a franja dos cabelos, que ia quase até os olhos:

— Eu quero! – e estendeu a mão.

Susi ofereceu-lhe um, ela exigiu que lhe desse mais um. Susi deu-lhe, chamando-a de gulosa e mal-educada. Em seguida deu a mão ao namorado, e ele murmurou, baixinho, no ouvido dela:

— Diga que a gente vai até ali a esquina...

Ela falou, mastigando o caramelo:

— Mãe, nós vamos até ali à esquina...

— Pode ir... – consentiu ela, mastigando, também, o caramelo. E, com um olhar significativo, lembrou à filha a presença do pai, querendo dizer que ela tivesse cuidado. Eurico fingia-se de surdo, cego e mudo, como se ignorasse, completamente, o que se passava à sua volta. Jailton pediu licença, foram andando de mãos dadas.

— Fico todo sem jeito, quando seus pais estão na porta.

— Eu também. Quer um caramelo? Desculpe, eu esqueci de lhe oferecer um.

— Não. Principalmente seu pai. Ele parece que não vai com a minha cara...

— Impressão sua. Meu pai é assim mesmo. Por que você não quer um caramelo?

Itapagipe

— Daqui a pouco.
— Daqui a pouco não tem mais — e ela sorriu o seu sorriso bonito.
De repente, os olhos dela brilharam:
— A matinê, no sábado, tá combinada, não tá?
— Tá — concordou ele, e pensou que teria de pagar três entradas, a de Lúcia inclusive. Isto se Dona Nicinha também não inventasse de ir. Até lá teria dinheiro?
Chegaram à esquina, voltaram. Jailton morria de vontade de abraçá-la e beijá-la e, com os olhos, procurava o melhor lugar e a melhor ocasião. Ao aproximarem-se de um poste onde a lâmpada estava queimada, e não havia nenhuma família por perto, nem nenhuma janela aberta, e onde lhe pareceu, também, que Dona Nicinha e Seu Eurico não poderiam vê-los, fê-la parar.
— Vamos ficar aqui um pouquinho. Lá os seus pais não deixam a gente conversar direito.
Encostou-a no poste, largou-lhe a mão, beijou-lhe o pescoço, depois o queixo. Susi meteu o embrulhinho de caramelos no bolso do vestido, enlaçou-o com ambos os braços, as mãos espalmadas nas suas costas, ficou ofegante, excitadíssima. Uniram as bocas, o beijo foi longo, com gosto de caramelo e pasta de dente. Seus corpos estavam unidos, ele sentia-a entre as suas pernas, podia sentir-lhe as coxas e entre as coxas, e ficou excitado enormemente, o membro forçando a cueca e a calça, dolorido de tão tenso, como se fosse explodir. E empurrava-se em Susi, como se pudesse penetrá-la através dos panos, sabendo que ela, de olhos fechados e quase gemendo, percebia tudo, e gostava. Com uma das mãos livres roçou-lhe o seio, por sobre o vestido e o sutiã. Seio que ele jamais vira, mas que imaginava pequeno, muito branco, duro, com o mamilo cor-de-rosa e pontudo. Como ele queria que fosse. Ah, o que daria para ver os seios dela, pegá-los, chupar-lhes os biquinhos endurecidos! Passou um bonde, vagaroso, rangendo sobre os trilhos, ela afastou a boca, nervosa e pálida. Ele quis continuar, ela virou o rosto.

A Assinatura Perdida

— Não! Meu pai está na porta. Vamos voltar.

Ele afastou-se, contrafeito, preocupado agora com o volume tão visível na calça. Respirou fundo, prendeu a respiração, para quietar-se. Ela fingiu não perceber. Pegou o embrulhinho dos caramelos no bolso, abriu, meteu um na boca, e, mastigando gostosamente, voltou a oferecer-lhe, com o pacote aberto numa das mãos:

— Quer um agora?

Ele pegou um, meteu na boca. Tornaram a dar-se as mãos, seguiram andando devagarinho, em direção à casa dela.

— Hoje teve argüição de geografia. Adivinhe que nota eu tive?

Ele encolheu os ombros.

— Uma cobrona como você, só pode ter tido dez.

Ela sorriu, envaidecida:

— Nove e meio. Só não tirei dez porque, na hora, me esqueci a altura exata do Everest. Mas foi a maior nota da argüição. Você sabia que o Everest está na Cordilheira do Himalaia, na Ásia Central, e que é a montanha mais alta do mundo, com 8.840 metros?

Ele suspirou. Sendo boa aluna, Susi não perdia oportunidade de mostrar conhecimentos. E ele detestava quando ela fazia isto. Altura do Everest! Ora! Que importância podia ter? Mas respondeu:

— Não, não sabia.

Ela arregalou os olhos, como se lembrasse de algo muito importante:

— Ah! Tenho uma novidade! Sabe quem anda querendo namorar comigo?

Ele franziu a testa, parou a caminhada, forçando-a também a parar. Largou a mão dela.

— Como é a história?! Namorar com você?! Quem é?!

Susi, um pouco assustada com a reação dele, procurou tranqüilizá-lo.

— Calma... isto não tem nenhuma importância... é ele quem está querendo...

O semblante crispado, Jailton insistiu, ríspido:

Itapagipe

— Quem é?! Eu quero o nome!
— Pedro Sérgio.
— Quem é Pedro Sérgio?!
Sem que ele percebesse, a sua voz alterava-se. Ela, nervosa, já arrependida de haver tocado no assunto, olhava a janela em frente, com medo de serem ouvidos.
— Calma, Tinho... fale mais baixo... já disse que isto não tem nenhuma importância...
Sem diminuir a altura da voz, ele retrucou:
— Eu decido se tem ou não tem importância! E falo na altura que eu quiser! Quem é esse Pedro Sérgio?!
— É um colega de turma. Não significa nada pra mim. — A voz dela era sumida.
— Um colega? E como você sabe que ele quer namorar com você?! Ele pediu a você pra namorar?
— Não... nem ele ia ter coragem... ele sabe que eu tenho namorado, e que nunca na vida eu ia querer nada com ele...
— E como você sabe que ele quer namorar com você? — insistiu ele.
— Ele andou dizendo às meninas... a Aninha e a Amélia...
— Suas colegas?
— Sim... e fica me olhando o tempo todo...
Jailton fechou os punhos:
— Canalha! Vou quebrar a cara dele!
Ela empalideceu:
— Deixe pra lá...
— Deixar pra lá nada! Vou quebrar a cara dele!
Ela fez cara de choro, os olhos e o nariz começaram a ficar vermelhos:
— Se eu soubesse, não teria lhe contado.
Jailton irritou-se mais ainda:
— Por quê? Você está protegendo ele, é?!
— Não, Tinho... claro que não... — e ela já estava quase chorando.

Ele exigiu:
— Não quero que você fale mais com ele! Nunca mais! Entendeu? Nunca mais!
Ela sacudiu a cabeça, concordando:
— Está bem, não falo mais...
Por um instante fizeram silêncio, um diante do outro. Mas ela, mansamente, sem erguer a cabeça, pegou-lhe a mão, e murmurou, enquanto uma lágrima deslizava, lenta, do olho para a asa do nariz:
— Eu te amo...
Jailton sentiu que amolecia. Embora ainda sentisse raiva do colega dela, não conseguia ter raiva de Susi. De uma das janelas abertas para a rua, um pouco mais adiante, e rasgando o silêncio da noite, vinha, agora, a música romântica de um rádio. Ele puxou-a para si, beijou-a na boca, ali mesmo no meio do passeio, mesmo correndo o risco de serem vistos pelos pais dela. Depois, sem nada dizerem, voltaram a caminhar, de mãos dadas, muito juntos, devagarinho, sentindo, ambos, que o incidente apenas lhes aumentara a certeza de que se amavam...

Às 21h, em ponto, Jailton deixou Susi. Não entendia por que o namoro tinha de ser exatamente das 19h30 às 21h, às terças e quintas, sábados e domingos, só faltando o cartão e o relógio de ponto. Mas era assim. E não era apenas Susi. Àquela hora, também, as últimas famílias recolhiam as cadeiras, fechavam as portas e as janelas, apagavam as luzes. Um pouco mais tarde, às dez e pouco, ainda haveria o pequeno movimento dos que voltavam da última sessão do cinema. Depois, nada. Dormia-se cedo. Na rua, a partir dali, só os boêmios e vagabundos. E as empregadas domésticas que conseguiam, das patroas, consentimento para chegarem um pouco mais tarde. Os mais antigos, que se recolhiam bem antes, gostavam de dizer, como nos velhos tempos: quem é de casa, casa; quem é da rua, rua. Para Jailton, ainda era cedo. Gostava de andar pela noite com as ruas desertas, ouvindo apenas, aqui e ali, o ladrar ritmado de um cão vadio, os gritos desesperados dos gatos cruzando nos telhados, ou o apito solitário e triste do guarda-noturno, caminhando pela noite como um fantasma. E dificilmente ficava só, Aluísio e Raimundo sempre o esperavam na balaustrada da Ribeira, para dois dedos de conversa fiada ou alguma aventura, que até podia acabar nos puteiros da Ladeira da Montanha ou da Conceição da Praia. E seguiu andando pela Rua Lélis Piedade, levando, ainda, na boca, o gosto adocicado do último beijo de Susi.

Os dois amigos lá estavam, na balaustrada – o lugar de sempre –, olhando a enseada e as estreitas canoas que, durante o dia, faziam a travessia Ribeira-Plataforma, Plataforma-Ribeira, levando e trazendo gente, entupidas, um perigo. Agora, presas às suas amarras, próximas umas das outras e do cais, balouçavam, lânguidas, iluminadas pela luz da lua, que formava uma esteira de prata no mar. Raimundo sugeriu, após um bocejo escandaloso:

– Vamos tomar uma cervejinha no abrigo...

Aluísio sorriu, irônico.

– *Good idea, my friend.* E o dinheiro? *O money?* Você tem?

– Não, mas Jailton tem.

Jailton protestou.

– Nada disso, meu chapa. Se vocês querem tomar cerveja, que paguem as suas. Pensam que eu trabalho? Sou estudante, igual a vocês.

– Mas tem ou não tem o dinheiro? – quis saber Raimundo.

Silêncio. Raimundo insistiu:

– Tem ou não tem?

– Tenho. – Confessou Jailton. – Mas não é pra gastar com vocês. Sábado vou levar Susi à matinê.

Aluísio garantiu:

– Amanhã a gente lhe paga.

— Não.
— Uma cervejinha só, seu moço! E amanhã a gente lhe paga com certeza. Damos nossa palavra! – instou Raimundo, quase suplicando.

Jailton pensou um pouco, depois decidiu:
— Está bem, vamos. Mas amanhã quero o dinheiro, hein?
— *Of course, my dear!*

Foram até o abrigo do largo, onde paravam os bondes, e onde dois ou três homens bebiam, em pé, um deles já inteiramente bêbado. O bêbado afirmava a um outro, com a sua voz arrastada, que mulher era tudo igual: umas mais apertadas, outras mais folgadas, mas, no fundo, era tudo igual. O outro concordava, em silêncio. Pediram uma cerveja. Depois mais outra, e outra. Jailton pagou.

— E agora?
— Que tal dar um pulo até a Penha? – sugeriu Raimundo, que sempre dava as idéias, algumas interessantes, outras inconvenientes, e outras, ainda, completamente loucas.
— Fazer?
— Sei lá! Dar uns apertos nas *graxeiras*...

Foram. Pelos cantos mais escuros, sob os tamarindeiros, no cais, na praia, os casais agarravam-se. Certamente não eram as moças de família que ali estavam, com as saias levantadas, apertadas pelos namorados contra algum apoio, gozando as delícias do amor livre. Mas, ainda assim, muitas delas ouviriam reprimendas severas das patroas, se chegassem muito tarde em casa. De repente, enquanto andavam pelo passeio do cais, Raimundo, sem nenhum motivo, pegou uma pequena pedra arredondada no chão, e, tirando, do bolso de trás da calça, um badogue, que nunca o abandonava, ajeitou-a no pedaço de couro preso às borrachas, entre a forquilha, e, rápido, disparou-a contra a lâmpada de um poste. O tiro foi certeiro, choveram estilhaços de vidro para todo lado, fazendo barulho. Jailton contraiu o semblante, surpreso e aborrecido:

— Por que você fez isto?

Itapagipe

Raimundo ergueu os ombros, enquanto voltava a guardar o badogue. Jailton continuou fitando-o, indignado. Não era sempre que gostava de Raimundo, às vezes ele tinha atitudes de um verdadeiro marginal. Ou de um louco. Mas Aluísio nem alterou a expressão do rosto. Talvez estivesse mais acostumado às molecagens de Raimundo, talvez achasse aquilo uma coisa natural e sem importância. De súbito foi ele, Aluísio, quem perguntou a Raimundo:

– Você sabe a diferença entre a puta e a namorada?
– Não.
– Com a puta a gente faz tudo, só não beija na boca.
– E com a namorada?
– A gente só beija na boca.

Soltaram uma gargalhada gostosa, os dois. As gargalhadas estrondaram no silêncio da noite. Jailton, já esquecido da lâmpada quebrada, não pôde deixar de sorrir. E pensou em Susi, em como gostaria de fazer tudo com ela.

No pequeno largo ao lado da Igreja da Penha, sentadas num dos bancos de cimento, três mulheres jovens conversavam e riam alto. Uma era negra, de cabelo espichado a ferro; outra mulata e magrinha; e outra branca, de cabelo curtinho e cara redonda.

– Três. É a conta! – mostrou Aluísio, apontando, o olhar aceso de desejo.

– A elas! – comandou Raimundo, as narinas abertas, os olhos também brilhando.

Jailton fez uma careta, que Aluísio e Raimundo não perceberam. Não era nenhum santo, gostava de fazer com outras mulheres o que não podia fazer com Susi. Mas não tinha a lubricidade feroz dos outros dois, não era com toda mulher que ele ia, precisava sentir no mínimo atração. E, especialmente naquela noite, depois de ter estado com Susi, e sentindo, ainda, nos seus lábios os lábios dela, e nas narinas o seu cheiro fresco de banho recente e água de alfazema, parecia-lhe repugnante ficar com qualquer daquelas mulheres.

— Vão vocês, eu vou embora.
— Por quê?
Jailton ia explicar, mas desistiu. Os amigos não iam entender mesmo, e até poderiam gozar dele. A contragosto concordou.
— Vamos lá.
Mas as mulheres, mesmo na penumbra da única lâmpada que iluminava o larguinho, conseguiam ser horríveis. A catinga de uma delas era insuportável, entrava-lhe pelas narinas provocando-lhe náuseas. As outras duas pareciam ter tomado banho com algum perfume bem barato, cujo péssimo odor apenas rivalizava com a catinga da outra. Jailton voltou a pensar no cheiro de Susi, um cheiro que era só dela e que o deixava enlouquecido de desejos; pensou na sua pele macia, nos seus lábios delicados e sensuais; voltou a sentir, na boca, o fogo do beijo de há pouco, o último, o da despedida, que era no que Susi mais caprichava. Quase tapou o nariz quando a da catinga aproximou-se, já se determinando a ser a dele. Aluísio abrira a blusa de uma delas e, metendo a mão sutiã adentro, apalpava-lhe o seio. Raimundo abraçava a outra, a mulata, enquanto desabotoava a própria braguilha, e fazia com que ela metesse a mão por dentro dele. A de Aluísio, derretendo-se toda, soltou uma gargalhada devassa, deixando ver alguns dentes podres, bem na frente. Jailton desistiu. Ainda que os amigos não entendessem e o chamassem de frouxo depois, não podia ficar.
— Vou embora. Vocês, até amanhã...
— Vai embora?! – espantou-se Raimundo, já quase sem calça.
— Deixa essa beleza aí sobrando? – perguntou Aluísio, apontando a mulher, decepcionada, ao lado dele.
— Sinto muito, não estou me sentindo bem.
A mulher pôs as duas mãos na cintura, o que a fazia abrir os braços e aumentava, em torno, o mau odor das suas axilas.
— Ocê num gosta de mulé não, é?
Jailton, já impaciente, foi ríspido:

Itapagipe

– Gosto. Muito. Mas gosto também de escolher. E eu não escolhi você.

Aluísio ainda ofereceu:

– Se quiser trocar, a gente troca. Não faço questão.

– Não, obrigado.

E afastou-se, deixando a mulher da catinga insultadíssima.

A luz da lua dava ao velho e já enferrujado Dique, ali ao lado, onde outrora faziam-se consertos nos navios da Navegação Baiana, o aspecto de um fabuloso monstro marinho encalhado. A Praia do Bogari estava escura e deserta, a faixa de areia branca terminando e confundindo-se na grande mancha negra do mar. O Ginásio de Itapagipe apagava as luzes, à medida que os últimos alunos se afastavam. Jailton lembrou que, por aqueles dias, teria prova de latim, e contraiu o rosto, entre aborrecido e indignado. Já desistira completamente de tentar decorar as declinações. Porém o que, efetivamente, o indignava, era não entender para que lhe serviria o estudo de uma língua morta. E, do latim, passou ao próprio professor da matéria, um ex-seminarista, severo e exigente que, segundo ele, o estava perseguindo, não o deixando passar de ano.

– O velho não acredita, mas ele está me perseguindo, sim.

Olhou as amendoeiras e tamarindeiros frondosos, como se eles fossem testemunhas silenciosas da perseguição do professor. Aquelas velhas árvores, em toda a extensão da Avenida Beira-Mar, eram suas amigas íntimas, conhecia e amava cada uma delas, desde a infância, quando chegava à praia correndo e aos pinotes, rolando, alegremente, a sua bóia de pneu, ansioso pela delícia do mergulho naquelas águas mansas e mornas. As árvores, agora, acompanhavam o seu caminhar solitário pela noite. E Jailton seguia, no seu passo tranqüilo, pelo caminho do mar, que era o que ele mais gostava.

Ao passar pelo Poço, praia tão temida pelo seu peral, onde tantas vidas se haviam perdido, lembrou-se de que, também ele, quase morrera nas suas areias movediças. E a mera lembrança do episódio já era suficiente para causar-lhe, ainda, arrepios de terror. Tinha os seus treze para quatorze anos de idade, era afoito e atrevido. Apostava longos mergulhos com Aluísio e Raimundo, quando, perdendo o fôlego e tentando pôr-se de pé, percebeu que estava no peral. Que sensação terrível! Os pés e as pernas afundando na areia, ele engolindo água e esforçando-se, inutilmente, para desprender-se e chegar à tona! E estaria morto, se não fosse Bragança, famoso remador do Clube de Regatas Itapagipe e excelente nadador, que estava por perto, e salvou-o. Depois disto, nunca mais ele entrou na água naquele trecho.

Por coincidência, fora naquela mesma semana que conhecera Susi, ainda uma menininha que nem pensava em namoro. Usava tranças compridas, e nem olhava para ele. E bastava lembrar dela, para sentir nos lábios a quentura dos seus beijos, nas narinas o seu cheiro discreto de banho recente e água de alfazema, e, nas mãos, a maciez gostosa da sua pele. Lembrou do Everest, sorriu. Altura do Everest, ora vejam só! Quanta bobagem! Mas, logo, contraiu o semblante à recordação do colega dela que queria namorá-la. Como era mesmo o nome dele? Filho da puta! Grandíssimo filho da puta! À simples idéia de que alguém ousara pensar em namorar Susi, sentia-se enraivar. Mas, aos poucos, foi substituindo a raiva pela certeza reconfortante de que ela o amava. Sim, Susi o amava, e não o trocaria jamais por ninguém.

A lua, agora, brilhava lindamente no céu de Itapagipe, como numa despedida. Cobraria o dinheiro emprestado a Raimundo e Aluísio, conseguiria, com muito esforço, mais algum do velho e, no sábado, levaria Susi e a irmã dela à matinê. A mãe dela também iria? Procurou um cigarro no bolso, meteu-o na boca. Mas, como não tinha com que acender, tornou a guardá-lo.

VISITA À CASA PATERNA

Parou o carro diante da velha casa, muito antiga, de três janelas e uma porta e, emocionado, disse para o filho:
— Agora você vai conhecer a casa onde eu nasci, e onde vivi grande parte da minha vida, a casa dos seus avós...
O menino olhou a casa sem interesse nenhum, e perguntou:
— Essa casa velha?
Ele se sentiu magoado. Esperava uma outra reação do filho, que ele arregalasse os olhos redondos e abrisse um sorriso bonito, como costumava fazer quando se entusiasmava com alguma coisa. E o menino chamava a sua casa, a casa da sua infância, de casa velha, com o maior desprezo. Mas foi compreensivo. E, sem alterar a voz, procurou interessá-lo:
— Não fale assim desta casa, meu filho. Aqui os seus avós viveram e morreram, aqui o seu pai nasceu e passou toda a infância, toda a juventude... sabe, eu só saí daqui já um homem...
O garotinho não disse mais nada. Mas não acendeu os olhos, nem sorriu. Nem ao menos lhe fez as perguntas que ele esperava que fizesse, e que sempre fazia, a respeito de tudo. Pelo contrário. Saltou do carro contrafeito, a cara amarrada, e seguiu o pai.
Ele estava visivelmente comovido. Diante da velha casa, era como se estivesse fazendo uma viagem dolorosa e doce ao passado, atravessando os muitos anos, desfazendo as rugas do rosto, empretecendo os cabelos grisalhos, retornando ao mundo e ao tempo perdidos. Emocionado, tocou a campainha da porta, a pesada porta de carvalho maciço agora já um tanto carcomida

pelo tempo, e só esse gesto já foi o bastante para despertar-lhe um mundo de recordações. A começar pela própria campainha, que não era aquela, e ele ouvia, naquele instante, nitidamente, a outra, bem mais sonora. Porém a lembrança mais viva foi o dia em que ele recebeu, das mãos do pai, como se recebesse um troféu, a chave, a tão ambicionada chave da porta da rua, o que equivalia a um consentimento oficial para chegar a hora que quisesse. E sorriu, enternecido, ao lembrar-se da solenidade de que se revestira o ato. O velho pondo-lhe a mão sobre o ombro, e dizendo:

– Agora você é um homem. Eu confio em você. Seja digno dessa confiança.

Passaram-se alguns minutos, que ele repartiu entre as recordações, tão íntimas e tão profundas, e a expectativa de tornar a ver aquela casa por dentro. E ouviram o barulho de um ferrolho correndo. O ferrolho! Esquecera o ferrolho, mas agora lembrava. Devia ser o mesmo. A porta abriu-se um pouco, e surgiu uma cabeça magra de velha, que perguntou secamente:

– O que é?

Por uns instantes, ele ficou a olhá-la, quase sem entender. O que aquela velha estava fazendo ali, na sua casa? Quem era ela? Mas, logo, voltou à realidade, e tentou mostrar-se simpático:

– Boa tarde, minha senhora... desculpe incomodar... o meu nome é Leonardo, e este é o meu filho, Luizinho...

A velha olhava, em silêncio, esperando a explicação do incômodo. Tinha a face engelhada, os olhos claros e sem vida, e os cabelos muito brancos e ralos. Leonardo prosseguiu:

– Sabe, eu morei nesta casa... aqui eu nasci, aqui passei toda a minha infância, a minha juventude... nela os meus pais morreram... Tem muitos anos que eu não a vejo... E eu... bem... eu gostaria muito de mostrá-la por dentro ao meu filho... Seria muito importante para mim e para ele, se eu pudesse fazer isto...

A velha franziu o cenho, talvez achasse aquele pedido um absurdo.

Visita à Casa Paterna

— Mostrar a casa?
— É...
— Por dentro?
— É, sim senhora... eu gostaria muito!
— Toda? — a velha continuava de cenho franzido.
— Bem... o que fosse possível mostrar...
— O senhor quer ver agora?
— Bem... sim... se fosse possível... se não for muito incômodo...

A velha não respondeu. Olhava, com os seus olhos baços, para ele e para o menino, desconfiada, sem se decidir a abrir a porta completamente. Ele compreendeu, sorriu:

— Fique tranqüila... eu e meu filho não somos assaltantes... eu realmente morei aqui, e gostaria muito que Luizinho conhecesse a casa.

A velha sacudiu a cabeça, e os seus cabelos ralos e lisos lembravam um espanador velho:

— Não é isso... é que tá um pouco desarrumada... nós não temos empregados...

Ele tornou a sorrir. Que lhe importava se estava desarrumada ou não? Queria apenas vê-la por dentro, mostrá-la ao filho.

— Ah, é isto? — falou. — Não se preocupe... eu prometo à senhora que não vou reparar a desarrumação... nós queremos apenas ver a casa.

Contrafeita, contraindo um pouco a face enrugada, ela abriu a porta.

— Está bem... podem entrar... mas não reparem...

Emocionado, seguido de perto pelo filho, que continuava não demonstrando interesse algum naquela visita, ele entrou. Logo no imenso corredor, que a sua mãe ornamentava com plantas que ela mesma fazia questão de regar, sentiu um impacto. O ladrilho decorado do seu tempo fora substituído por um piso sintético bege, de enorme mau gosto. Já não havia mais papel nas paredes, nem quadros, e a própria ausência dos móveis da sua infância fazia aquele espaço inteiramente diferente do que ele sempre conhecera, e conservava na memória. Mas nada disse. Procurando ignorar as modificações, refazia, uma a uma, cada minúcia daquele corredor tão querido. E chegou a dizer ao filho:

— Aqui, logo na entrada, ficava um móvel muito antigo, um porta-chapéus, onde o seu avô pendurava o chapéu e a bengala, e onde púnhamos, também, capas e guarda-chuvas.

O garotinho torceu o nariz, intrigado:
— Porta-chapéus?

Leonardo sentiu-se como se falasse em dinossauro, ou qualquer animal pré-histórico. Teve vontade de dizer:
— É, chapéu: era uma coisa que se punha na cabeça, naquele tempo.

Porém nada disse, seguindo adiante, atrás da velha, que ia enfezada e com passos arrastados, numa evidente contrariedade. No final do corredor, ele sabia, surgiria a sala de jantar.

Ele trazia-a, ainda, inteira na memória, em cada pequenino detalhe, como se jamais a houvesse deixado. O piso de tabuado, as tábuas largas e compridas, algumas delas quase atravessando a extensão da sala; a mesa grande de jacarandá ao centro, sempre ornada por um buquê de flores recém-cortadas e cercada pelas cadeiras de palhinha e espaldar alto, onde faziam as refeições; a cristaleira, enorme, também de jacarandá e portas de vidro, toda forrada de espelhos, expondo peças de cristal lavrado e colorido que poderiam figurar, sem nenhum favor, nas prateleiras de um museu; o guarda-comida, também grande e maciço, onde ficavam os doces deliciosos, ah, os doces!, de tantos sabores que ele ainda sentia na boca; a cadeira de balanço, da sua mãe, de madeira escura e couro tauxiado, que ela gostava tanto, e a espreguiçadeira de lona do pai, ambas bem próximas ao rádio, enorme e de madeira, sobre uma mesinha de tampo de mármore... Nas paredes, as plantas, os quadros e um grande relógio oitavado, muito antigo, que fora do seu avô, completavam o cenário. Leonardo lembrava, lembrava. Lembrava tudo. Até do dia em que, brincando estouvadamente com uma vassoura de piaçava apanhada na cozinha, quebrara, sem querer, o vidro de uma das portas da cristaleira. Jogara a vassoura ao chão e correra, espavorido, para o seu quarto, atirando-se na cama, aos soluços. Esperara um carão medonho, um castigo terrível, mas não acontecera nada disto. A mãe fora até o quarto, sentara-se na sua cama, beijara-o e, afagando-lhe os cabelos com muito carinho, apenas dissera, com a sua voz mansa que ainda lhe penetrava os ouvidos, como a mais suave e doce das melodias:

– Não chore, filhinho. Eu sei que você não fez de propósito. De agora em diante, você vai ter mais cuidado.

E os seus olhos, já cercados pelas primeiras rugas e uma infinidade de desencantos, umedeciam com essas lembranças, e foi a custo que saiu delas para entrar na realidade daquela outra sala que, de súbito, surgiu à sua frente. Não via mais nada que lembrasse a bela sala de jantar da casa dos seus pais. O tabuado, como o ladrilho do corredor, fora arrancado e, em seu lugar, repetia-se o mesmo horrível piso sintético bege; no centro havia, apenas, uma mesa ordinária de fórmica, com quatro cadeiras à volta; e, encostados às paredes, um aparelho de TV e uma espécie de armário com bebidas... Tudo muito pobre e de muito mau gosto. O mais era um espaço vazio e maltratado, onde as paredes nuas, manchadas e já sem cor, pareciam apenas velar um ambiente escuro, malcheiroso, morto.

Leonardo olhava sem entender, era como se estivesse presenciando um atentado à memória da sua infância, à memória dos seus pais. Ao seu lado, o filho olhava também para tudo aquilo indiferente, e parecia não compreender o que eles estavam fazendo ali. A velha, de fisionomia fechada, aguardava em silêncio, esperando que ele se desse por satisfeito e se retirasse. Nisto passou uma mulher branquela e nua, enrolada numa toalha molhada, com os cabelos também molhados e os pés descalços. Vinha de onde outrora era o banheiro e seguia na direção dos quartos. Ao vê-los ali na sala franziu a testa, segurou a toalha contra o peito e, sem dizer palavra, sem nem ao menos cumprimentá-los, abaixou a cabeça e apressou o passo, sumindo a seguir. A velha, também, nada disse. Em seguida um senhor gordo, de cara amassada como uma ameixa seca e fartas papadas prolongando o queixo apareceu, apenas de bermuda, nu da cintura para cima, mostrando uma barriga indecente. Estacou à entrada da sala, pôs ambas as mãos nos bolsos da bermuda, e perguntou à velha, com uma voz grossa e molhada:

– O que é?

A velha explicou, como se tentasse justificar:

– Ele diz que morou aqui... pediu pra ver a casa por dentro...

O senhor gordo, que já não tinha uma expressão agradável, fechou ainda mais a cara de ameixa seca, atirou-lhes um olhar hostil, e grunhiu:

– Hum...

E nada mais disse, ficando a olhá-los do mesmo lugar, como se vigiasse. Leonardo sentiu-se mal. Ao entrar, a sua intenção era correr a casa toda, mostrar ao filho o seu quarto, o quarto dos pais, o gabinete, a sala de visitas, o banheiro, o quintal... Mas, agora, já não sabia se devia continuar com aquilo. Mas teve vontade, ainda, de ver o quintal. Ah, o quintal! O araçazeiro, enorme, as bananeiras, que ele cortava com uma machadinha, quando estavam carregadas, a figueira, o galinheiro... O quintal onde ele brincara toda a sua infância! Sempre tivera vontade de mostrar ao filho aquele quintal, tinha certeza de que o garotinho iria vibrar de entusiasmo. Pelo menos o quintal não deveriam ter modificado tanto. E pediu:

– Será que nós podíamos ver o quintal?

A velha e o senhor gordo entreolharam-se. Ela perguntou, como se não entendesse:

– Quintal?

– É, o quintal...

E Leonardo apontava a porta da sala que dava para o quintal, uma porta de duas folhas que, no passado, eram fechadas por uma tranca de ferro e agora pareciam ter um trinco. A velha nada disse. Lentamente, com o seu passo arrastado, de má vontade e sob o olhar atento do senhor gordo, dirigiu-se à porta indicada e abriu-a. Horrorizado, Leonardo verificou que não existia mais quintal: em seu lugar erguera-se qualquer coisa, uma construção medonha, de alvenaria e telhas pré-moldadas. Pareceu-lhe que eram novas dependências da casa, onde deviam morar também pessoas, talvez uma outra família. Mas ele nem quis saber do que se tratava. Uma mulher morena, acocorada, com a saia arregaçada até as coxas, lavava roupas brancas numa bacia de alumínio, enquanto um menininho, inteiramente nu e lambuzado, brincava com uma cuia de queijo. A mulher morena ergueu os olhos para ele, ele desviou o olhar, constrangido. Ao seu lado, entediado, Luizinho pediu:

– Pai, vamos embora?

Leonardo abaixou a cabeça, vencido. Nunca, em toda a sua vida, sentira-se tão acabrunhado, tão triste. Sem dizer palavra, concordou, com a cabeça. Acompanhado pelo menino, foi saindo devagar, seguido, em silêncio, pela velha e pelo olhar insistente do senhor gordo. À saída, murmurou apenas:

– Obrigado. Desculpe o incômodo.

E, entrando no carro com o filho, disse adeus, para sempre, à casa da sua infância.

O MORTO ROGACIANO

De pé, ao lado do caixão, Rogaciano admirava, desconsolado, o próprio corpo. Estava um defunto horrível! Quase não se reconhecia, naquela cor de cera e com aqueles chumaços ridículos de algodão nas narinas. Felizmente não lhe amarraram, também, um pano segurando o queixo com um nó na cabeça, o que seria, aí sim, o supra-sumo do ridículo. No demais, até que não estava mal. Haviam-lhe posto a melhor roupa, embora fosse um terno comprado há dois ou três anos, uma camisa social branca e uma gravata de seda. Não era a sua predileta, mas tudo bem. Não se pode ter tudo. Olhou os sapatos, unidos, um ao outro, na posição vertical, e esboçou um ar de riso: seus velhos sapatos sociais pretos. Como duraram, aqueles sapatos! E estavam, ainda, relativamente novos. Ao menos não faziam vergonha. Mas também só os usava em ocasiões especiais, uma solenidade, uma festa. Agora chegara o fim deles: iriam apodrecer debaixo da terra, junto com os seus pés, que eles sempre protegeram. Isto se não fossem roubados pelos ladrões de cemitério. No resto, igualmente, não havia o que reclamar: barbeado, as pálpebras bem fechadas, as mãos com os dedos entrelaçados sobre o peito, as flores compondo o caixão, tudo certinho. O próprio ataúde, se não era dos melhores, também não fazia feio. Enfim, não era rico, não deixara quase nada além do apartamento em que moravam, não poderia ter um caixão muito caro. Nem ele fazia nenhuma questão disto. E, de pé, ao lado do esquife, Rogaciano olhava o próprio cadáver.

A Assinatura Perdida

Mas, afinal, de que morrera, que ele não sabia? Até a véspera não sentia nada, estava forte, tomando o seu *scotch on the rocks*, saudável, apesar da rinite alérgica que jamais o abandonara, e dos seus cinqüenta anos bem vividos. Com esforço tentava reconstituir cada minuto antes de morrer. Estaria dirigindo? Teria sido algum acidente de carro? Atropelo? Algum desastre aéreo? Examinou o corpo, à procura de algum sinal de acidente. Não havia. Pelo menos nas partes descobertas, cabeça e mãos, não havia. Não lembrava de ter sentido nenhuma dor forte no peito, o que poderia sugerir um infarto. Decididamente, não lembrava. Não lembrava de nada que lhe pudesse ter ocasionado a própria morte. Era como num sonho. E, também aí, Rogaciano sentia-se confuso: era como num sonho tentando orientar-se, ou era como na vida tentando lembrar um sonho? Seria a própria vida apenas um sonho, e nada mais que isto? Neste caso, a morte seria o seu despertar! Mas isto contrariava tudo que Rogaciano sempre pensara, pois, sendo um materialista convicto, acreditava que a vida era tudo, não havendo mais nada além dela. Agora, que estava morto, olhando o próprio corpo estirado naquele ataúde e coberto de flores, via que não era. Não sabia o que lhe aconteceria dali por diante, se veria a face de Deus ou do Diabo, mas sabia, com certeza, que ainda existia de alguma forma, apesar de morto. E não pôde deixar de sentir-se contrafeito com isto. Não apenas por ver-se contrariado em sua teoria, da vida inteira, como por não achar graça nenhuma naquela continuação. Tudo que ele era, tudo que ele acreditava, tudo que ele sonhava e queria, estava relacionado com o mundo terrestre e com a sua forma material de homem e de escritor. Que sentido teria continuar? E continuar onde? Como? Para ser o quê?

Angustiado, Rogaciano tentava ver-se em sua nova forma imaterial, e não via nada, pois, sendo apenas energia, não podia nem mesmo ver-se. E chegou a achar graça nisto: sabia que estava ali, sabia que estava de pé ao lado do seu próprio defunto, e não podia ver-se. Como era canhoto antes de morrer, pela força do hábito levantou a mão esquerda, mexeu os dedos, estalou-os. Nem viu a mão, nem viu os dedos, nem ouviu o estalo. E, no entanto, sabia que tudo isto havia acontecido. Ridículo! pensou. Absolutamente ridículo! Enfim... também provavelmente teria se achado ridículo, se pudesse ver-se no instante em que nascera – filosofou. E Rogaciano surpreendeu-se com a própria calma. Afinal, não queria morrer. Tanto que, embora não soubesse a sua *causa mortis*, podia afirmar, com segurança absoluta, que não se suicidara. Não que fosse contra o suicídio. Pelo contrário. Sendo um escritor, e sem nenhuma sujeição religiosa, via cada pessoa como personagem principal e, ao mesmo tempo, autora da própria história da vida, cabendo-lhe o direito de conduzi-la e terminá-la como melhor lhe aprouvesse – desde que, naturalmente, não prejudicasse outras. Mas é que, no seu caso pessoal, efetivamente não se determinara a isto, e tal gesto nem ao menos lhe passara pela cabeça. Logo, não se matara. Então, de que morrera?

Ao pensar na vida como uma história, Rogaciano lembrou-se, aborrecido, do romance que estava escrevendo. Um longo e trabalhoso romance, de mais de trezentas páginas. Estava quase todo pronto, faltavam apenas os dois últimos capítulos. E, pela primeira vez depois de morto, sentiu uma grande, uma profunda e sincera contrariedade. Não era justo que lhe acontecesse aquilo. Aquele romance era a sua obra-prima, jamais havia escrito nada que se lhe pudesse comparar. Iria consagrá-lo, transformá-lo no grande escritor que, na verdade, ele não fora. E ele o deixava incompleto! E, incompleto, não valia nada... de que vale um romance sem os dois últimos capítulos? Não era justo! repetia, em pensamento, inconformado. Sabia que não era o primeiro, muitos, muitos outros morreram deixando trabalhos importantes, às vezes os seus melhores, inacabados. Mas seria isto um consolo? Não, não era. E nada o poderia consolar. E suspirou profundamente, espantado por não ouvir o próprio suspiro.

Cansado de mirar o seu corpo inerte, Rogaciano voltou-se,

A Assinatura Perdida

pela primeira vez, para a sala. Que lugar seria aquele? Pareceu-lhe o velório do próprio cemitério, mas logo desinteressou-se disto, e passou a observar as pessoas em torno. Não havia nem quinze. Cinqüenta anos de vida, escritor com alguns livros publicados, administrador de empresas, funcionário graduado e competente, e nem quinze pessoas no seu enterro! *Sic transit gloria mundi*, considerou, verificando que a morte não lhe apagara da memória as poucas – e vulgaríssimas – frases que sabia em latim. À volta do caixão algumas poucas coroas de flores, tamanho médio: três ou quatro. Passou os olhos mortos pelos dizeres dos cartões, pregados ostensivamente às flores, de forma que pudessem ser lidos: inexpressivos, convencionais, medíocres, como quem havia mandado. Desistiu de ler, voltou às pessoas em torno.

Quem primeiro lhe chamou a atenção foi a mulher. Esmeralda vestia-se toda de negro, um vestido que ele próprio lhe dera, escondia os olhos nuns grandes óculos escuros, que também ele lhe dera, e passava, repetidamente, um lenço no nariz, dando a impressão de que chorava. Mas ela podia enganar àquelas pessoas que ali se encontravam, não a ele. Embora ninguém soubesse, nem os filhos, eles estavam separados, na própria cama, há muitos anos. Ela já não sentia mais nada por ele, nem ele por ela. Conviviam socialmente, convenientemente e, na verdade, por último, mal se suportavam.

Uma suspeita – terrível – ocorreu-lhe: teria sido envenenado por Esmeralda? Seria fácil para ela colocar veneno no seu prato, e ele teria morrido dormindo, enquanto sonhava com as pernas de Jucilene. Mas logo voltou atrás, reconhecendo a crueldade do seu próprio juízo: Esmeralda não era uma assassina, nem tinha motivos maiores para matá-lo. Porque afinal, se continuavam morando juntos e dividindo a mesma cama, apesar de não terem mais nada um com o outro e, até, já nem mais se suportando, era porque assim lhes convinha. Enquanto conviesse, morariam. Quando não mais, sem brigas nem mágoas, iria cada um para o seu lado. Para que matá-lo? Para herdar? Riu-se, divertido. Grande herança! Um apartamento simples de três quartos, sem nenhum luxo, um carro médio de três anos de uso, e um terreno que ninguém queria comprar e que ele jamais conseguira localizar. Fora este todo o bem material que ele pudera adquirir. Valeria a pena matá-lo por isto, ainda mais sendo, como ela já era, dona da metade de tudo? Seguramente não.

De Esmeralda, o seu pensamento voou para as outras mulheres da sua existência recente. Não tinha nenhuma amante fixa. Apenas as suas conquistas de fim de tarde, mulheres que vinham e iam, como os próprios enganos da vida, sem maiores compromissos e muitas vezes sem sentimento algum, e que jamais o impediam de dormir em casa, mantendo as aparências. Esmeralda, aliás, sabia dessas aventuras, que somente lhe quietavam a carne ainda intensamente ávida, e não dava sinais de importar-se. Nem poderia. Se não tinham mais nada, um com o outro? Ocorreu-lhe uma dúvida: e ela, teria algum amante? Observou-a atentamente, procurando, com o seu olhar de morto, desvendar o que, enquanto vivo, não havia percebido. Mas não chegou a conclusão alguma. Tanto podia ter como não, as mulheres, quando traem, o fazem sempre com muita competência e dissimulação – tanta, que nem o olhar de um morto pode perceber. Mas ele quase podia garantir que ela não tinha amante algum. Esmeralda jamais interessara-se, verdadeiramente, pelo sexo. Desde a primeira vez – e ele fora o seu primeiro homem – nunca demonstrara nenhum entusiasmo, fazendo por fazer, simplesmente fechando os olhos e abrindo as pernas, na mais absoluta indiferença pelo que estava acontecendo em cima dela. Teria tido algum orgasmo, em toda a sua vida? Com ele, pelo menos, não lhe parecera.

Sim, lá estava Esmeralda, toda de negro, com os grandes óculos escuros escondendo os olhos, passando o lenço muitas vezes no nariz, como se chorasse, fingindo-se a viúva desconsolada. Bem, pelo menos continuava desempenhando o seu papel até o fim, conservando as aparências. Não era isto que ambos faziam, quando ele estava vivo? E Rogaciano sentiu-se envergonhado de haver compactuado com aquela situação. Como era que ele, um intelectual, um livre-pensador, um homem de idéias largas e abertas para todos os assuntos, concordara com semelhante farsa durante anos e anos? Enfim... os vivos têm razões que nem eles explicam, e que os mortos não podem entender. E já que lembrara das suas amantes fortuitas de fim de tarde, onde estavam elas, que não lhe tinham ido ao sepultamento? Teriam, ao menos, sabido da sua morte? E onde estavam todas as dezenas de mulheres que ele amara ao longo de toda a sua vida, as suas parceiras de tantos prazeres de amor? Por que não estavam todas ali, à volta ao caixão, debulhando-se em lágrimas sinceras? Tornou a suspirar, o seu suspiro silencioso de morto, concordando consigo que, mesmo morto, imaginava desatinos.

De Esmeralda passou à filha, abraçada ao namorado. Pelos olhos e nariz vermelhos, parecia que Tatiana havia chorado um pouco – e de verdade. Mas, naquele exato momento, estava muito bem consolada pelo moço que aproveitava a sua fragilidade para abraçá-la e beijá-la. Salafrário! Provavelmente não estava sentindo nada pela sua morte, apenas queria levar a sua filha para a cama. Se é que já não levara. Observou-os mais atentamente, concluiu: é, já levara. Próximo, o filho conversava com dois colegas de faculdade, como se estivessem, os três, numa reuniãozinha social, só lhes faltando o copo de uísque numa das mãos. Rogério estava tranqüilo, nem parecia que havia perdido o pai. Era o seu temperamento, nunca se abalava com nada, achava tudo muito natural. Vestia o de sempre, o traje que ele usava para tudo e qualquer coisa, como uma farda: uma calça jeans desbotada ao extremo, uma camisa barata de algodão, e um par de tênis que, provavelmente, haviam sido brancos, quando novos. Nem mesmo para o seu enterro tivera a decência de vestir algo melhor.

O Morto Rogaciano

Rogaciano considerou ambos os filhos com um misto de ternura e arrependimento. Amava-os verdadeiramente, muito embora houvesse demonstrado mal esse amor. Neste ponto, justiça lhe fosse feita, Esmeralda só merecia louvores: fora, sempre, uma mãe exemplar. Ele não. Ultimamente pouco conversava com eles, e jamais conversas íntimas. Não soubera compreendê-los nas fases mais difíceis das suas vidas, e que eram a adolescência e a juventude. De sorte que, conquanto os amasse, eram-lhe quase dois desconhecidos. E Rogaciano refletiu que, se havia fracassado como marido, falhara muito mais como pai. Suprira-lhes as necessidades materiais, mas não lhes dera o que mais deveria ter dado, e que eram a sua inteligência, a sua compreensão, o seu carinho. Mas isto, também, já não podia corrigir, àquela altura. E deixou-os.

Olhou um pouco mais à volta, aquele ambiente sombrio, com aqueles círios ardendo. Quem mais estava presente? O presidente da empresa, seu chefe, o calhorda, não comparecera. Mandara uma daquelas coroas de flores, com dizeres inexpressivos. Que tremenda desconsideração! Representando a empresa ali estavam apenas Jesualdo e Malaquias, o primeiro do departamento financeiro e o segundo do setor pessoal. Jucilene não fora. E isto era o que mais o decepcionava: Jucilene não fora! Estava, também, ali, com um semblante pesaroso, um senhor de cabelos grisalhos cuja fisionomia não lhe era estranha, mas cujo nome ele não recordava. Sabia que o conhecia, que até haviam tido, em alguma época, uma convivência qualquer. Mas quem seria? Não lembrava. As outras pessoas eram um velho amigo de infância, realmente sentido, um vizinho que ele mal cumprimentava, e dois ou três parentes não íntimos, dois dele e um de Esmeralda, e que ele não via há algum tempo. Ninguém mais.

Entediado, Rogaciano foi saindo da sala do velório, disposto mesmo a ir embora dali, e não ver mais nada. Mas, lá fora, teve uma grande surpresa. Sentada, sozinha, num dos bancos de cimento da alameda contígua à sala, estava a sua secretária, Jucilene, esforçando-se, em vão, para conter o pranto convulso, que a sacudia inteira. Era alta, bastante alta, bem mais alta do que ele, loura, de olhos castanhos, lindíssima, dona das pernas mais bem-feitas que Rogaciano já vira, e ele seria capaz de morrer outra vez para tê-la possuído. Era a sua fixação erótica mais constante, várias vezes amara outras pensando nela. Mas, não sabia bem por que, talvez por ela ser tão bela e tão séria, talvez por ser tão mais nova, podendo ser sua filha, talvez por ela ser tão mais alta do que ele, talvez por tudo isto e mais o receio de ser rejeitado pela própria secretária, o fato é que jamais tivera coragem de convidá-la para sair. Perplexo, descobria, com a sua nova intuição de morto, que ela o desejava também e mais: amava-o. Pela segunda vez, desde que morrera, sentiu-se profundamente frustrado e aborrecido. Como os vivos são preconceituosos, burros, covardes e cegos! exclamou, embora nenhum som saísse da sua garganta imaterial. Mas, curiosamente, já não sentia mais nenhuma atração por Jucilene. Achava-a bela, apenas, como se admirasse uma paisagem. E perguntou a si mesmo, constrangido: será que os mortos, como os anjos, não têm sexo? Mas, então... era menos um motivo para continuar. E mergulhava, entristecido, nessa nova e sombria reflexão, quando notou que o seu enterro saía. Lá ia o caixão carregado por seis pessoas, seguido das poucas outras. Jucilene, a belíssima Jucilene, procurando, inutilmente, enxugar as lágrimas, levantou-se e seguiu o pequeno cortejo.

 A princípio Rogaciano pensou em ir embora. Aquilo tudo era-lhe indiferente, parecia até que nem se tratava dele. Na verdade, custava-lhe crer que era o seu corpo que ia ali, naquela urna escura e triste, carregado por aquelas pessoas, seguido por aquelas outras. Mas, como não tinha mesmo nada para fazer, e ainda não se havia libertado da sua insaciável curiosidade de escritor, foi andando atrás do grupo. Enquanto andava, sem querer, ia repassando toda a sua vida, como nunca a repassara antes, com tanta nitidez e tantos pormenores. Vinha tudo: infância, adolescência, juventude, mocidade, idade madura. Escolas, namoros, formatura, empregos, casamento, lançamentos de livro. Revia seus entes queridos, que já se haviam ido. Revia, sobretudo, a si mesmo, seus sonhos, suas ambições, suas idéias, seus sentimentos, suas muitas horas diante da máquina de escrever, tentando ser o grande escritor – que acabara não sendo. Ia lembrando, lembrando, como se estivesse escrevendo um livro de memórias, onde não precisava mentir, nem se fazer mais belo do que fora. Achava graça de algumas coisas, arrependia-se de outras, mas não tinha saudade de nada. Era como se nada mais do seu passado e do seu mundo lhe pertencesse.

Mesmo assim, surpreendeu-se quando o cortejo seguiu por um caminho diverso do que devia ir, e parou diante de uma cova provisória, das que são usadas por um tempo definido, devendo os restos serem transportados para outro lugar, depois desse tempo. Lembrou-se de que ali, naquele cemitério, que agora reconhecia perfeitamente, havia um jazigo perpétuo, que ele próprio comprara, e onde estavam sepultados os seus pais. Sempre acreditara que aquela seria, também, a morada definitiva do seu corpo. Por que não o enterravam lá? Esmeralda e os filhos sabiam – ou deviam saber – da existência desse jazigo. Haviam esquecido? Haviam. Em lugar de enterrá-lo, gratuitamente, na sua cova definitiva, junto aos restos dos seus pais, ainda gastavam dinheiro naquela provisória. Não que ele desse muita importância a isto. Pela sua vontade, até preferia ser cremado. Mas, já que possuíam o jazigo perpétuo, comprado não sem sacrifício, por que colocá-lo ali, naquele? Era incrível! Como são imprevisíveis os caminhos – da vida, e da morte... Mas nada podia fazer, a não ser olhar, olhar, com o seu olhar de morto. Olhar aquele enterrinho medíocre, com aquele pinguinho de gente, nenhum discurso, nenhum choro verdadeiro, além das lágrimas escondidas de Jucilene. E voltou a sentir um total desinteresse por tudo. Mais uma vez sentiu vontade de ir embora. Porém ficou até o fim. Viu o caixão ser posto na cova provisória, a campa ser fechada e vedada pelo pedreiro, e as pessoas se afastarem, lentamente – algumas apressadas – sumindo-se pelas alamedas do cemitério. Até que ficou sozinho, o que, na realidade, já estava, desde que morrera e, talvez até, antes de morrer. E agora, que fazer? Para onde ir? Olhou em volta. Rogaciano sentia um enorme cansaço de tudo. E, com uma má vontade infinita, saiu andando, rumo a uma eternidade que não lhe interessava absolutamente, e da qual ele, mesmo depois de morto, não sabia nada a respeito.

KETY

– Vamos?

De pé, diante dela, o moço aguardava. Nem ao menos sentara-se um pouco ao seu lado, para uma pequena conversa preliminar, oferecera-lhe uma bebida, nada. Apenas levantara-se, atravessara a sala, muito tranqüilo, pusera-se diante dela, e fizera a pergunta que, na verdade, não era uma pergunta, não era nem um convite: era uma ordem. Talvez fosse apenas um tímido. Era assim que muitos tímidos procediam. Talvez não quisesse ficar ali, naquela sala, expondo-se. Mas não importava. E ela não se importou. Afinal, estava ali para isto. E até preferia desta forma: direta, sem conversas. Não perdia tempo, e não era obrigada a conversar fiado com alguém que ela não conhecia. E havia tanta conversa aborrecida! Estava ali há poucos dias, e já tinha agüentado cada uma! Era uma casa comum, numa rua discreta no centro da cidade, de porta e janelas sempre fechadas, com ambiente e atendimento de primeira e preços elevados, e tudo isto selecionava, naturalmente, a clientela. Porém, ainda assim, havia aqueles que apenas conversavam e, quando sabiam o quanto elas cobravam iam embora, deixando na casa unicamente o lucro da bebida. E outros, até, nem bebiam, queriam apenas vê-las ali sentadas, elegantemente vestidas, como mercadorias embaladas e expostas, à sua disposição. Melhor sem conversa. Além do mais, já sabia que ia ser a escolhida.

Ele chegara só e silencioso, indo sentar-se no canto mais isolado da sala. Alguns homens gostavam de ficar assim, sozinhos, bebericando um uísque, um cuba-libre ou um gim-tônica, ao som gostoso da radiola *hi-fi*, enquanto as observavam e escolhiam a parceira. A ordem da gerência era que não os assediassem. Caberia a eles chamar uma delas, ou irem sentar ao seu lado, se quisessem. Ele nem quisera beber. Após examinar um pouco as outras, com um olhar que denunciava um conhecedor do assunto, fixara-se nela, desprezando as demais. Comia-a com os olhos, saboreando cada pedacinho. Ao vê-lo entrar, simpático e bem vestido, cheirando virilidade e dinheiro, todas animaram-se. Afinal, eram todas jovens e belas, podiam disputá-lo entre si com os seus encantos, em nível de igualdade. Ao perceberem a preferência, as outras desistiram. Aquele seria dela - ou de nenhuma outra.

O moço aguardava. Ela esboçou um ar de riso, sentindo, sobre si, o olhar de inveja das companheiras. Ergueu-se, e, ajeitando no ombro a comprida corrente de uma bolsinha de metal dourado, seguiu adiante, no passo curto do vestido longo e justo, equilibrando-se sobre os saltos altíssimos. O moço acompanhou-a, em silêncio. Ela mandou-o esperar um pouco no corredor, enquanto pegava a chave do quarto com a gerente. Voltou logo em seguida, a chave na mão. Tornou a esboçar um sorriso:

– Vamos, meu bem.

Subiram uma escada, ela pisou em falso, torceu o tornozelo, soltou um gritinho.

– Machucou?

– Não. – Afirmou, procurando sorrir e aprumando-se sobre os saltos. E, justificando-se: – Não estou acostumada às ladeiras da Bahia, quebrei a fivela do sapato quando subia essa aí ao lado – Ladeira da Praça, não é mesmo? – para chegar aqui.

– De onde você é?

– Porto Alegre, thé. Não reconheces o sotaque?

Enquanto subiam, sentia que ele, indo atrás dela, não tirava os olhos do seu corpo. Devia estar imaginando-a nua, antegozando o prazer que teria, daí a poucos instantes.

Kety

Na parte de cima, um corredor bem menor, com três portas fechadas. Ela abriu uma delas, entraram. Acendeu a luz – uma luz suave e difusa, apropriada ao ambiente. Não havia grandes luxos, mas o quarto era confortável e asseado, nem de longe lembrava o quarto de um puteiro, como os da Ladeira da Montanha e da Conceição da Praia. Os do Julião e do Maciel nem se fala. Tão sórdidos e imundos, lá só se aventuravam os vagabundos e os marinheiros dos navios que atracavam nas Docas. Precisados de mulher, depois de muitos dias no mar, e, em geral, desinformados, os marinheiros arriscavam-se naquelas ruas estreitas, naqueles casarões sombrios e infectos. Ali não. Era tudo limpo, confortável, quase de bom gosto. As garotas eram escolhidas a dedo pela gerente, uma senhora severíssima, particularmente com a aparência e a disciplina. Eram sempre muito jovens e muito belas, obrigadas a vestirem-se com esmero, como se fossem a um baile. A maquiagem e os adornos, também, deviam ser impecáveis. Dizia-se que a gerente dava preferência a meninas de família de outros estados, que vinham a Salvador passar as férias, ou uma pequena temporada, e queriam aproveitar para ganhar um bom dinheiro. E, também, que fazia parte do acordo com a casa, que elas satisfizessem os clientes em todas as suas exigências, não lhes recusando nada, sob pena de terem de ir embora. Diziam-se estas coisas, e a verdade é que não havia motivo para não se acreditar nelas.

– Já conhecia Salvador?
– Não. Estou aqui há dez dias. E ainda não tive tempo de conhecer a cidade.
– Como é o seu nome?
– Kety.

Colocou a pequena bolsa sobre a penteadeira.

– E o teu?
– Marco.

Podia ser, podia não ser, não tinha a menor importância. O nome dela também não era Kety, não era ingênua de usar o próprio nome ali dentro. Soltou os cabelos, tirou o longo vestido rapidamente, ficou de calcinha.

— Você é muito bonita, Kety. Que idade você tem?
— Dezoito.
— Seu nome é Kety mesmo?
— É. E é até muita ingenuidade minha, andar dizendo o meu nome verdadeiro. Mas que me importa! — mentiu ela.

Ele tirou a roupa sem pressa, deitou-se na cama. Kety foi ao lavatório, voltou sem a calcinha, deitou-se ao lado dele. Marco passou a mão pelo corpo dela, a pele jovem e macia. Afagou-lhe os seios rijos, detendo-se, delicadamente, nos biquinhos, excitando-os. Kety imitou-o. Deitados, lado a lado, deixavam que as mãos passeassem livres, um no outro. A uma carícia mais íntima, Kety fechou os olhos, abriu as pernas, deu uma risadinha bem descarada, falou:

— Tu fazes isto gostoso, guri...

Marco acariciava-a devagarinho, enquanto Kety permanecia de olhos fechados. E só voltou a abri-los quando ele retirou a mão. Kety, pela primeira vez, prestou atenção nele. Havia homens brutos, que apenas queriam ser agradados e satisfeitos, e, após receberem as carícias estimuladoras, montavam sobre elas ou eram por elas cavalgados, na pressa do fim. Havia os muito gordos, os muito velhos, os muito feios, os malcheirosos. Também aqueles que exigiam trabalho para se excitarem, outros que concluíam tudo tão rapidamente que, eles próprios, saíam frustrados. Encontrava-se de tudo, naquele ofício, que era o mais velho do mundo, e sempre renovado. Mas havia, sobretudo, clientes, que era preciso agradar. Aquele agradava, também. Era jovem e simpático, e viril. Não lhe seria necessário nenhum esforço para satisfazê-lo. De súbito, como se a dominasse uma íntima verdade, ficou séria. E deu-lhe vontade de conversar um pouco com ele.

— Se eu te contasse, tu não acreditarias... — disse.
— Conte, de qualquer forma. — A voz dele era mansa, ele não parecia ter pressa.

— Eu não sou uma profissional. Esta é a primeira vez que trabalho numa casa deste tipo. Sou estudante, o meu pai é jornalista. Tive relações com meu namorado, mas lá em casa ninguém soube. Aliás, lá em casa só, não. Todos que me conhecem em Porto Alegre, pensam que sou virgem. E Deus me livre que meu pai venha a saber. Acho que ele me mata.

Pareceu-lhe que ele a olhou indiferente. Talvez não estivesse acreditando na sua história. Também não tinha importância que ele acreditasse ou não, queria apenas falar. Porém ele perguntou, com a sua voz mansa:

— E como você veio parar aqui?

Kety sorriu.

— Vim passar as férias na casa de uma amiga baiana. Pelo menos foi isto que disse lá em casa. E não deixa de ser verdade. Só que essa amiga, que eu conheci numa farra em Porto Alegre, trabalha aqui. Aí eu resolvi ficar aqui também o tempo das férias. Faço alguma coisa diferente, me divirto, e ainda ganho um dinheirinho. Uma boa, não é?

Ele não respondeu. Kety ria, um riso claro e bonito, como o tinir de um cristal. Ainda rindo, beijou-o primeiro no peito. Em seguida, recolhendo o riso, como se, de repente, se compenetrasse do seu ofício, usou os lábios para afagá-lo, íntima e demoradamente. Depois fizeram amor. Kety gemia baixinho, pedia mais, porém não sentia coisa alguma. Queria apenas que ele pensasse que ela sentia, proporcionar-lhe o prazer que ele estava comprando. Ao fim permaneceram deitados, um ao lado do outro. Ele acendeu um cigarro, ela pediu um.

Estavam, agora, totalmente distantes um do outro, como se não estivessem ali deitados. Então, sem dizer palavra, ele levantou-se, foi até o lavatório, voltou, começou a vestir a roupa. Kety levantou-se também, fez a mesma coisa. Enquanto se vestia, falou. Não sabia por que estava com vontade de falar com aquele desconhecido, mas a verdade é que queria dizer alguma coisa.

— Eu tenho uma tara, desde menina. Não sei se isso é normal

ou não. Não posso ver uma pessoa amarrada, que fico logo excitada. Tu viste aquele filme do ano passado, *A Bela da Tarde*? Eu vi muitas vezes. Sei o filme de cor. Lembras daquela cena, logo no começo, quando Severine imagina que é amordaçada com um lenço, as mãos amarradas numa árvore, e o marido oferece ela pra os dois cocheiros da carruagem?... Ah, nunca um filme me excitou tanto! Quando assisti a primeira vez fiquei tão excitada, que saí do cinema toda molhada. Eu era virgem. Foi nesse dia que eu tive relações com o meu namorado. E fui eu mesma que provoquei.

Kety deu uma risada, como se estivesse lembrando.

– Depois o bobo ficou com tanto medo das conseqüências, que acabou o namoro, e saiu de Porto Alegre. Pensou que eu fosse ficar grávida, que meu pai ia obrigá-lo a casar comigo, sei lá! O fato é que sumiu da minha vida. Idiota! Não sabe o favor que me fez, em me livrar daquilo. Coisa errada, a mulher nascer fechada assim, como se fosse uma carta lacrada, que só pode ser aberta depois do casamento. Não achas? E se o marido não gostar do que está escrito na carta? Como é que faz?

Desta vez Kety deu uma risada bem gostosa, como se estivesse se divertindo com as próprias idéias. Continuou:

– É como comprar batatas num saco fechado, sem saber o que está comprando. Porque a mulher na cama é completamente diferente. Pelo menos é o que os homens dizem. Não é isto? Não, podem me chamar do que quiserem, mas eu acho que a mulher tem tanto direito ao sexo quanto o homem. Tu não achas, guri?

Ele calçava as meias, em silêncio. Parecia nem prestar atenção no que ela dizia. Ela insistiu:

– O que tu achas da virgindade?

Ele encolheu os ombros, como se não tivesse nenhuma opinião formada, ou como se o assunto não lhe dissesse respeito. Kety aproximou-se:

– Que há contigo? Eu te decepcionei? Desculpa, tá? Mas é

Kety

que não sou uma profissional, ainda não sei fazer certas coisas... devo ter sido uma merda na cama, não foi?
– Não.
– Então por que ficaste tão calado?
Ele olhou-a fixamente, voltou a percorrer, com os olhos, o corpo dela já vestido. Kety estranhou.
– Por que estás me olhando assim? Queres mais?
Ele não respondeu. Ergueu-se, e, com um gesto brusco, empurrou-a sobre a cama.
– Ei! O que é isto?! Ficaste maluco?! O que está acontecendo contigo?! – agora ela sentia medo.
Ele tirou o cinto, e, rapidamente, amarrou as mãos dela na cabeceira da cama.
– O que estás fazendo? Eu vou gritar!
Ele tirou o lenço do bolso, amordaçou-a. Kety começou a debater-se, agitando as pernas. Ele esbofeteou-a. Em seguida pôs-se a arrancar-lhe o vestido, rasgando com brutalidade o tecido, onde não conseguia abrir. Por fim arrancou-lhe a calcinha. Kety contorcia-se, sem poder soltar as mãos, nem gritar. Ele tornou a bater-lhe. Tirou, depois, a própria roupa, e envolveu-a com o seu corpo. Kety já não se debatia, nem procurava livrar-se. Tinha os olhos fechados, gemia baixinho, desta vez de verdade. Ele desprendeu-a, tirou-lhe o lenço da boca, rolaram na cama. Ela gemia, gritava, mordia-o, apertava-o nos braços, abria as pernas e pedia mais, mais, gozava loucamente. *Belle de Jour*. Como no filme.

DEZ ANOS DEPOIS

Fazia, precisamente, dez anos que o Coronel Otaviano Cerqueira morrera, vítima de um infarto fulminante do miocárdio. Comemorava o seu sexagésimo quarto aniversário num jantar em família, muito íntimo, em seu luxuoso apartamento de quatro suítes e um gabinete, na Rua da Graça, no elegante bairro da Graça, e do qual participavam, apenas, a mulher, D. Marilena, a filha casada, Zilda, e o genro, jovem tenente, José Paulo de Andrada, seguindo as ilustres pegadas do sogro no Exército. Foi na terceira garfada do seu prato predileto, camarão dorê com arroz à grega, preparado por Teodora Anastácia, a velha cozinheira da família, após um gole de um finíssimo vinho branco alemão, presente do General Miranda de Castro, comandante da 6ª Região Militar e seu padrinho de casamento, que ele empalideceu, deixou cair o garfo sobre a toalha de linho branco e pendeu a cabeça para sempre, mergulhando o nariz pontiagudo entre os camarões e o arroz. D. Marilena não soltou um grito, não fez um gesto, apenas arregalou desmesuradamente os olhos outrora pestanudos e muito belos, empalideceu terrivelmente e deixou-se ficar, imóvel, a observá-lo, enquanto a filha e o genro precipitavam-se, em pânico. Zilda gritava, já chorando:

– Papai! Papai!

O genro, com a sua voz firme já afeita ao comando, secundava-a, enquanto o sacudia, como se pudesse, com uma ordem enérgica, ressuscitar o sogro:

– Coronel! Coronel!

A Assinatura Perdida

Somente Marilena nada dizia, nada fazia, os olhos arregalados e fixos, a palidez terrível. Nem mesmo quando a filha e o genro aproximaram-se, desavorados, ela exclamando, em prantos, "Mamãe, papai morreu!", ele a afirmar, constrangido, "Morreu o Coronel, Dona Marilena!", nem mesmo quando Teodora Anastácia, atraída pelos gritos, acudiu de lá de dentro, enxugando as mãos no avental e exclamando "Valha-me Deus Nossa Senhora, o Coronel!", nem assim Marilena alterou-se, disse uma palavra, esboçou um gesto. Pelo contrário, a palidez desapareceu do seu rosto já sulcado de rugas, os seus olhos voltaram ao seu natural tamanho e ela, como se nada acontecera, prosseguiu tranqüilamente o seu jantar, para espanto desmedido do jovem casal e da empregada.

O que se seguiu foi ainda mais absurdo. Enquanto a filha soluçava, enquanto o genro tomava as devidas providências dessas horas, enquanto Teodora Anastácia, com os olhos molhados, acendia uma vela ao coronel – já estendido a fio comprido sobre o sofá, ali ao lado –, para já ir iluminando, para o patrão, o caminho da eternidade, Marilena, sem olhá-los, terminava o prato e repetia, sem esquecer de esvaziar, com muita elegância, o seu cálice de vinho branco. Depois, para desespero da velha cozinheira, que não cansava de tentar alertá-la para o que ocorrera, exigiu, com voz pausada e firme, a sobremesa, pudim de leite condensado e, ainda, o cafezinho e o seu licor de amêndoas preferido. Após o que, ergueu-se da mesa e foi sentar-se um pouco na varanda, como era de seu costume. Era tão absurda a atitude de Marilena, nem sequer lançando um simples olhar ao morto – estirado no sofá da sala enquanto aguardava os serviços funerários chamados às pressas, com os olhos arregalados, que ninguém lembrara de fechar e o nariz sujo de arróz, que ninguém cuidara de limpar, tendo, ao seu lado, a vela acesa de Teodora Anastácia –, que Zilda foi obrigada a interromper o seu pranto desconsolado e perguntar, entre os soluços e de testa franzida, ao marido:

– O que será que aconteceu com mamãe? Por que ela está agindo assim?

O jovem tenente encolheu os ombros, botou o beiço inferior, gesticulou com ambas as mãos, mostrando que também não estava entendendo nada e tiveram de esquecer Marilena para cuidar do velório e do enterro, pois já chegavam o médico para o atestado de óbito e os agentes funerários. Marilena não compareceu ao velório no Campo Santo, não foi ao enterro, não derramou uma lágrima, não pronunciou uma única palavra o tempo todo, não respondeu coisa alguma a quem lhe deu os pêsames, continuando a agir como se nada, absolutamente nada sucedera. Quando o casal voltou do sepultamento, no dia seguinte, ao qual compareceram o General Miranda de Castro, em pessoa, e todo o oficialato da 6ª Região, e onde foram prestadas ao morto honras militares, D. Marilena recebeu-os na porta, com o seu habitual e muito amável sorriso:

– Otaviano está no gabinete, quer falar com vocês... – e, falando baixinho, como se estivesse fazendo uma confidência: – Acho que ele quer pedir que vocês venham morar aqui conosco... Eu não sei por que motivo vocês não moram conosco... afinal, este apartamento é grande demais para nós dois...

Zilda e o tenente olharam-se, alarmados, enquanto a velha Teodora Anastácia, num canto da sala, torcendo as mãos no avental pelo hábito de enxugá-las a todo instante, não continha as lágrimas de pena da loucura da patroa. Porque não havia mais dúvida, D. Marilena enlouquecera completamente e, agora, não eram mais o mudismo e a indiferença incompreensíveis, ocorria, também, a ressurreição, ou a não-morte do marido, lá estava ele a esperá-los no gabinete, provavelmente fardado e com o inseparável cachimbo na boca, para uma conversa. Sem nada dizerem dirigiram-se ao gabinete, fingindo que iam falar com o coronel que acabavam de enterrar, porém, na verdade, apenas aproveitavam para deliberar a sós, sobre aquela insólita e imprevista circunstância.

A Assinatura Perdida

Não houve necessidade de internar D. Marilena. Aliás, ela continuava a ser exatamente a mesma que sempre fora, com todas as suas qualidades e defeitos, encantos e manias, sempre calma, educada, elegante, ainda bonita nos seus cabelos grisalhos e nas rugas que nunca se preocupara em esconder, os olhinhos brilhando muito vivos, como se estivessem sorrindo, e um sorriso verdadeiro nos lábios finos e levemente cobertos por um discreto batom. Gostava de ler romances estrangeiros recém-editados, principalmente se estivessem na lista dos *best-sellers*, e não dessem trabalho nenhum para ler; fazia questão, ela mesma, de arrumar o vasto e luxuoso apartamento cujas paredes eram revestidas de quadros modernistas, mania do coronel; e, mesmo não entendendo coisa alguma de culinária, opinava a todo instante na cozinha, para exaspero de Teodora Anastácia, que, embora acostumada, irritava-se com essas intervenções desnecessárias e até atrapalhadoras. Além disto não deixava de ir, todas as semanas, ao salão de beleza e, em tendo companhia do seu agrado, deleitava-se em percorrer com lentidão as alamedas dos *shopping centers*, olhando, cuidadosamente, as mesmas vitrines e as diferentes pessoas que passavam, comentando sempre que algo lhe chamava a atenção. Além disto, jamais perdia a santa missa aos domingos, a das oito da manhã, na Igreja da Graça, celebrada pelo simpático Padre Gumercindo, e rezava o terço inteiro duas vezes e comungava, e nunca deixava de acender uma vela a Nossa Senhora da Graça pela saúde da filha, do genro, da empregada, dela própria e de Otaviano, o seu elegante e bem-amado coronel. Nada disto, absolutamente, mudara com a morte do Coronel Otaviano Cerqueira, que, aliás, para Marilena, não ocorrera. Continuava produzindo-se esmeradamente para ele, usando os vestidos e os penteados que ele mais apreciava, exigindo de Teodora Anastácia os seus pratos prediletos, tudo exatamente como quando o coronel era vivo. E mais: conversava com ele, discutiam ou concordavam, ria-se dos seus ditos espirituosos, queixava-se da fumaça do seu cachimbo, à qual ela jamais se acostumara, esperava-o para o almoço, servia-o à mesa, citava-o freqüentemente nas suas conversas, como se ele vivo fosse. Era comum, ao telefone, falando com alguma amiga, referir-se ao coronel, alegando algo que ele acabara de comentar ou fazer ou, ainda, mandar-lhe recados pela velha Teodora Anastácia:

– Vá dizer ao coronel, lá no gabinete, que o jantar está servido.

A cozinheira abanava a cabeça, inconformada, com pena dela, mas, enxugando as mãos no avental, terminava por fingir que ia, para não contrariá-la, pois não se deve contrariar uma louca. E que não tentassem dizer-lhe que o coronel morrera, que não tentassem falar-lhe qualquer coisa sobre a morte ou o enterro do marido, porque era o mesmo que falar a uma parede, D. Marilena desligava, parecia não ouvir, tornava-se muda, os olhos vazios, como se não estivesse ali, como se não fosse a ela que falassem e, logo, puxava outro assunto com toda a naturalidade, deixando o interlocutor desconcertado e sem jeito para voltar ao coronel e sua morte.

A princípio foi muito difícil, Teodora Anastácia benzeu-se muitas vezes, invocando a proteção de Nossa Senhora da Cabeça que, por ser da cabeça devia cuidar dos loucos, a filha chorou desesperada, o genro insistiu tentando fazê-la entender o que ocorrera, até que, com o passar do tempo, desistiram. Até habituaram-se a vê-la conversando com o coronel, a assisti-la servir o prato vazio da cabeceira, ao meio-dia e à noite, a perguntar-lhe se a comida estava do seu agrado, a sorrir satisfeita se a resposta era positiva, e a ralhar severamente com Teodora Anastácia, em caso contrário. No aniversário do coronel, todos os anos, o ritual do jantarzinho íntimo repetia-se, o coronel à cabeceira, ela à sua direita, Zilda e o Tenente José Paulo de Andrada, que não mais conseguira promoção após a morte do sogro, à esquerda, o tradicional camarão dorê com arroz à grega, o vinho branco alemão, agora fornecido pelo genro, o brinde, tudo igualzinho como no tempo do coronel vivo.

A Assinatura Perdida

Fazia, precisamente, dez anos da morte do Coronel Otaviano Cerqueira, no mesmo dia do seu aniversário, e aquele era o décimo jantar após aquele fatídico, em que, de repente, o elegante coronel, após o gole do vinho e a terceira garfada do seu prato preferido, deixara pender a cabeça, enfiando o pontiagudo nariz entre o camarão e o arroz. Como sempre estavam todos à mesa, o prato já servido à cabeceira, o vinho nas taças respectivas, quando Zilda, já tão acostumada à loucura da mãe, quis saber dela o que o pai estava achando do seu jantar de aniversário. Foi como se algo terrível ocorresse na mente de D. Marilena. Ela, que levava o garfo à boca, parou o gesto a meio caminho, voltou o garfo ao prato e, franzindo a testa e olhando a filha entre espantada e aborrecida, inquiriu-a:

– Zilda, que bobagem é esta? O seu pai está morto há dez anos... Foi aqui mesmo, nesta mesa, não se lembra?

E, sem esperar resposta, ergueu-se e, sem sequer lançar-lhes um olhar, retirou-se da sala em direção ao seu quarto, deixando a filha e o genro perplexos e emudecidos. Como não voltou de lá de dentro, foram, os dois, atrás dela. Encontraram D. Marilena deitada na sua cama, completamente vestida como se encontrava ao jantar, os olhos fechados, um sorriso tranqüilo e bondoso nos lábios, parecendo dormir. Só quando chegaram mais perto é que perceberam que ela já não estava neste mundo, agora sim, devia estar ao lado do seu amado coronel, e para sempre.

MÃE

– Quanto é um, tia?
– Três cruzeiro.
– Me dê.

Firmina pegou o beiju, já na folha de bananeira, encharcou-o com leite de coco, deu-lhe, meteu o dinheiro no bolsão da saia rendada. O menino saiu comendo, feliz.

Era assim o dia inteiro. A preta Firmina dos Santos, já velha e carcomida, magra e silenciosa, sentada na esquina da Faculdade, no Terreiro, vendendo os seus beijus. Ela mesma fazia-os, ainda de madrugada, antes que o dia raiasse, pois, se fizesse de véspera, podiam azedar. Punha-os, um a um, arrumados no tabuleiro, envolvidos em pedaços retangulares de folha de bananeira, acomodava, entre eles, a vasilha do leite de coco, e saía de casa, cedinho, o tabuleiro na cabeça, o cavalete no ombro, uma das mãos segurando o tabuleiro, a outra carregando o banquinho rústico de madeira. E, no seu passo lento e quase arrastado, seguia pelas ruas e ladeiras desertas, pelos becos e largos, até alcançar o seu cantinho de muitos anos, onde já conquistara freguesia certa.

Vivia disto. Vez por outra o filho aparecia-lhe, misterioso e apressado, e deixava-lhe algumas notas sobre a mesa de pau tosco, onde ela fazia as suas refeições sozinha, à noite, quando voltava do trabalho, pois, durante o dia, diante do tabuleiro, não tinha tempo, comia qualquer coisa por lá mesmo, às vezes até os próprios beijus. Mas essas visitas estavam se tornando cada vez mais raras e mais rápidas, e o dinheiro que ele deixava também não era grande coisa. Seu sustento mesmo era o lucro do beiju, que ela aprendera a fazer com a mãe e vendia desde mocinha, enchendo d'água a boca de muita gente na cidade, só de lembrar. E era difícil passar pelo tabuleiro da preta sem se deixar seduzir pela tentação daqueles beijus branquinhos, que o leite de coco tornava úmidos e macios.

Naquela manhã só vendera ao menino, um molecote que ganhava a vida tomando conta dos carros, e que também madrugava, esperando os primeiros fregueses do largo. Era ainda muito cedo, mal acabara de instalar-se, quando chegaram os policiais. O sargento Honorino Santana, imenso de corpo, sarará, os olhos empapuçados como se tivesse bócio, terror dos bandidos e marginais da Bahia, estava à frente. Perguntou:

– Você é Firmina, mãe do bandido Jeremoabo?

A preta fitou-o, assustada. Ele insistiu:

– Tou perguntando se você é Firmina!

Ela sacudiu a cabeça, que sim.

– Mãe do bandido Jeremoabo?

Ela olhou, amedrontada, os policiais à sua volta, todos armados com cacetetes, revólveres e escopetas, como se fossem enfrentar perigosa quadrilha. Depois fitou o brutamontes, e, ganhando coragem, respondeu:

– O nome do meu fio é Ontonho Carlo.

– É isto mesmo! – confirmou o sargento. – É Antônio Carlos mesmo, vulgo Jeremoabo, bandido, assaltante, assassino!

– Meu fio não é bandido, não sinhô! – protestou ela.

– É bandido, sim! Bandido, assaltante, assassino!

– Assassino? – a voz da preta tremia.

– É, sim, velha! Assassino! Ontem assaltou e matou um cidadão no Comércio!

Firmina olhou-o espantada, os olhos, muito brancos, desmesuradamente abertos e aflitos. Sem querer e disfarçadamente pôs-se a olhar, também, à volta, de medo que Antônio Carlos não

Mãe

lhe aparecesse por ali. E pediu por ele ao Senhor do Bonfim, seu Pai Oxalá, o criador de todos os homens. Depois protestou, o ódio e o medo na voz trêmula:

— Não foi ele!

Honorino elevou a voz, terrível:

— Foi ele, sim, velha! A gente tá sabendo que foi ele! A gente tem testemunha! E a gente tá querendo saber onde é que ele tá escondido!

Ela abaixou a cabeça, murmurou:

— Eu não sei não sinhô.

O sargento aproximou-se, agarrou-lhe o torço que lhe envolvia a carapinha branca, ergueu-lhe a cabeça, com brutalidade:

— Sabe, sim, velha! Você sabe! Onde é que ele tá escondido?

— Eu não sei não sinhô.

Honorino largou-a. E, pegando um punhado de beijus com as suas mãos enormes, atirou-os longe, na calçada. A preta acompanhou-lhe o gesto com o olhar, aflita. Ele insistiu, ainda mais áspero:

— Vai dizer?!

Ela não respondeu. Ele, sem tirar os olhos dela, pegou a vasilha do leite de coco, e, lentamente, derramou todo o conteúdo no rego do meio-fio, atirando fora a vasilha. Em seguida, como Firmina permanecia em silêncio, pegou o próprio tabuleiro e, erguendo-o rápido do cavalete, rodou-o no ar, atirando, de uma vez, os demais beijus na calçada. Ela torcia as mãos, magras e engelhadas, úmidas de medo, e olhava com os olhos crescidos e assustados, mas não dizia nada. O sargento voltou a perguntar, a voz irritada:

— Vai dizer agora onde ele está escondido, velha?! Ou quer que eu quebre tudo isto aqui?!

Firmina olhou o tabuleiro vazio, nas mãos dele, o suporte do tabuleiro, diante dela, a aflição nos olhos, o coração aos pulos. Quis pedir-lhe que não fizesse aquilo. Chegou a abrir a boca. Mas, logo, tornou a abaixar a cabeça, murmurando:

— Eu não sei não sinhô.

O sargento, irritadíssimo, os olhos ainda mais fora das órbitas que de costume, atirou o tabuleiro ao chão. Em seguida calcou-lhe fortemente o pé em cima, pondo todo o peso do seu corpo, quebrando-lhe as tábuas. Depois, tomou do cavalete por um dos pés de pau tosco, aplicou-o contra a calçada, fazendo-o em pedaços. Os outros policiais observavam, impassíveis. Firmina tremia-se toda, as mãos postas, o medo nas pupilas estuporadas, o pensamento no filho. Honorino interpelou-a mais uma vez, com raiva:

— Vai dizer?!

— Eu não sei não sinhô.

A claridade da manhã banhava, agora, a Faculdade, a Catedral, os sobrados antigos, o largo ainda deserto do Terreiro de Jesus. Mas, aos poucos, o número de passantes ia crescendo, chegavam os primeiros estudantes da Faculdade de Medicina. Pessoas paravam, curiosas, em torno da cena, querendo saber o que se passava. O menino que comprara o beiju, e que já estava lá do outro lado, perto do Cruzeiro de São Francisco, tomando conta de um carro, voltara correndo, querendo ver. Um senhor de terno cinza, bem posto, sobraçando uma pasta preta, revoltou-se.

— Por que estão fazendo isto com a velha? Deixem-na em paz...

Mas o cabo Rodrigo, que estava junto, empurrou-o para longe, ríspido.

— Andando, velho! Andando! É um caso de polícia, não se meta!

O sargento achou melhor não prosseguir o interrogatório ali. O largo enchia-se rapidamente, e cada vez mais pessoas ajuntavam-se à volta deles. Resolveu levar Firmina ao Posto. Fez sinal ao cabo e mais dois, pegaram-na pelos braços, meteram-na no camburão. A preta deixou-se levar, sem resistência. Que poderia ela fazer contra aqueles homens? E a

Mãe

viatura partiu, levando-a trancafiada à traseira, como uma criminosa.

No Posto Policial, ali perto, empurraram-na sobre uma cadeira, e o sargento Honorino Santana pôs-se a andar impaciente à sua volta. De súbito estancou e, a mesma expressão transtornada pela raiva, afirmou:

— Velha teimosa! Eu sei que você sabe onde Jeremoabo está escondido! E você vai me dizer onde é!

Ela sacudiu a cabeça:

— Eu não sei não sinhô.

O sargento crispou o semblante, os olhos enormes, fechou os punhos. Em seguida agarrou-lhe o queixo, apertou-o com toda a sua força, como se quisesse quebrá-lo, e grunhiu, entre os dentes:

— Sabe, sim! Sabe, sim!

Firmina, gemendo de dor, embora com dificuldade, conseguiu dizer:

— Eu não sei não sinhô.

Honorino largou-lhe o queixo com um solavanco. Tornou a fechar os punhos, louco de raiva, o seu vozeirão estrondou na sala:

— Velha burra! Teimosa! Fedorenta!

E, num gesto rápido e violento, sapecou-lhe um tabefe de mão aberta em pleno rosto, partindo-lhe um lábio. O fio de sangue escorreu na pele negra e encolhida, como uma lágrima. Ela pôs-se a chorar. Ele bradou, no mesmo tom:

— Ou você diz onde está aquele bandido, ou eu vou matar você de pancada! Está ouvindo?!

Firmina não respondeu, chorando em silêncio. O cabo Rodrigo, que presenciava, mudo, o interrogatório, teve medo. Conhecia Honorino Santana. Quando se enraivava, era capaz de tudo. Com muito jeito, procurou acalmá-lo:

— Calma, sargento.

Honorino fuzilou-o com seus olhos empapuçados.

— Calma uma porra! Como é que eu posso ter calma, com uma mula teimosa desta?! Ela dizia, e pronto! Estava livre!

Firmina parou de chorar. E, enxugando, com a ponta da saia, ao mesmo tempo, o sangue e as lágrimas, murmurou:

— Eu não sei não sinhô.

O brutamontes pôs as mãos na cintura, fitou-a com raiva, decidiu:

— Pois vamos ver se você sabe ou não.

E, voltando-se para o cabo Rodrigo, ordenou:

— Ponha esta criatura numa cela, completamente nua. Deixe ela ficar lá sem comida e sem água, até dar o serviço. E se quiser mijar ou cagar, não pode. Tem de fazer lá mesmo, no chão, e ela própria vai limpar depois.

Firmina olhou-o, estarrecida. Não acreditou no que ouviu. Mas o cabo não demonstrou espanto, nem surpresa. Limitou-se a concordar, com a cabeça, e responder:

— Sim senhor, sargento.

Ela olhou-o também, horrorizada. Rodrigo, sem deixar transparecer nenhum tipo de emoção, segurou-a firme por um braço, obrigando-a a levantar-se. Os olhos muito brancos arregalados, Firmina sentiu o desespero invadi-la. Suplicou, olhando a ambos, ao mesmo tempo:

— Não! Não!

O sargento Honorino aproximou-se e falou-lhe, procurando abrandar a voz:

— Se você falar eu lhe solto agora. Basta dizer onde está Jeremoabo.

Firmina parou de suplicar. Baixou a cabeça, repetiu:

— Eu não sei não sinhô.

Honorino encolheu os ombros:

— Leve.

Ela não mais protestou, não mais resistiu. Foi levada para uma cela sem nenhum tipo de móvel, e teve as suas roupas arrancadas pelo cabo Rodrigo e um outro policial, que a despiram como se estivessem despindo um boneco, e não uma criatura humana, mulher e velha. Inteiramente nua, Firmina sentou-se, encolhida, morta de vergonha e de medo, no chão imundo da cela.

Por algumas horas, não a incomodaram. Houve apenas um momento de horror, quando uma barata, que era um dos seus raros pavores, passando por debaixo da grade de ferro entrou na cela, e caminhou em sua direção. Foi tal o pânico de Firmina que ela não se mexeu, apenas apertando os braços em torno das pernas e encolhendo-se ainda mais, enquanto olhava fixo o inseto imundo dirigindo-se para ela. Felizmente a barata desviou o caminho e seguiu adiante, como se ela não existisse. Firmina respirou, aliviada.

À tarde, ela estava com fome, pois não comera nada, absolutamente nada o dia inteiro, nem um único beiju, como costumava fazer, e sede, muita sede. Os lábios, a boca e a garganta ardiam, de tão secos. Mas não tinha coragem de pedir um alimento, nem água. Na mesma posição em que se colocara, retraída, as pernas fletidas, os braços abraçando as pernas, deixara-se ficar. Sentia dor de urinar, mas também não queria fazer ali, no chão, a vergonha e o medo das humilhações ainda maiores que a própria dor. Sentia-se humilhada, ultrajada, tratada como bicho, nunca na sua vida fora tratada assim. Tinha vontade de chorar, mas nem podia, de tanta revolta e tanto ódio e tanto medo. E só fazia rezar, pedir ao Senhor do Bonfim, seu grande Pai Oxalá, que a protegesse, e protegesse o filho. Se faziam tudo aquilo com ela, que era mulher, e era velha, e nada fizera de errado, o que não fariam com Antônio Carlos, se o pegassem?

No meio da tarde chegou o sargento, entrou na cela, olhou-a com desprezo, perguntou:

– Então, velha? Onde está escondido Jeremoabo?

Firmina não respondeu, imóvel, os olhos no chão. Não abriu a boca nem para dizer que não sabia. O sargento enfureceu-se outra vez, chutou-a, bradou:

— Estou falando com você, animal! Responda!

Ela sentiu a dor do pontapé, mas nem gemeu, em silêncio, os olhos pregados no cimento imundo. Honorino cuspiu nela, xingou-a:

— Velha imbecil!

E, vendo que ela não falava, saiu da cela, pisando forte. Somente à tardinha, quase noite, voltou acompanhado do cabo Rodrigo:

— Não vai dizer, não é? Pois muito bem... você venceu. Infelizmente não posso prender você aqui mais tempo. Mas fique sabendo de uma coisa: eu vou pegar aquele bandido! E quando eu pegar, velha, quando eu pegar Jeremoabo, ele vai pedir pra morrer.

E, saindo da cela enfurecido, mandou que Rodrigo lhe devolvesse as roupas e soltasse-a.

Firmina saiu do Posto Policial trôpega, o corpo inteiro dolorido, o lábio partido doendo, com fome, com sede, com dor de urinar, com vergonha, com ódio, com revolta, tudo isto misturado dentro dela, fazendo-a sentir-se a mais miserável das criaturas.

No primeiro beco procurou um cantinho escondido, agachou-se, deixou que o mijo, que já lhe escorria pelas pernas, saísse de vez. Depois, aliviada da necessidade há muitas horas reprimida, arrastou-se como pôde até a sua esquina, a esquina da Faculdade, onde vendia os seus beijus. Nem mais os restos do tabuleiro, nem do cavalete, nem sinal do banquinho de madeira, nem da vasilha do leite de coco.

Sentou-se no batente do passeio, pôs-se a chorar em silêncio, como fizera quando recebeu o tabefe do sargento Honorino, as lágrimas escorrendo lentamente pela face encrespada, por entre as rugas. Agora, que faria? Onde arranjar dinheiro para refazer tudo, e voltar a vender os beijus? E de que comeria enquanto não refizesse a sua vida?

À volta dela as pessoas passavam, apressadas, indiferentes.

Mãe

E logo voltou o pensamento para o filho, com o qual, dali por diante, nem poderia mais comunicar-se, sem pô-lo em risco. Ontonho Carlo. Negro forte, alto, bonito. Murmurou para si mesma, como se lhe falasse:

– Meu fio...

Uma onda de ternura envolveu-a, sentiu-se em paz e feliz, muito feliz. E mais feliz ainda, porque sabia onde ele estava escondido, e não dissera.

ASSASSINO

O dia fora terrível, uma correria louca, de hospital para hospital, de clínica para clínica, a examinar doentes, prescrever prontuários, fazer relatórios, estabelecer condutas, numa luta estressante contra o tempo e as doenças. E, em meio a tudo aquilo, a voz da noiva, ao seu ouvido, a pedir-lhe, pelo telefone, que não deixasse de passar na casa dela aquela noite. Que lhe quereria Leninha, de tão urgente, naquela noite? Nada quisera adiantar pelo telefone, só pessoalmente, era um assunto importante para os dois. Intrigado, nem foi primeiro em casa, tomar o banho relaxante, comer alguma coisa, pôr a roupa limpa de paisano. Após o último cliente, rumou para a casa de Leninha.

Distante, muito nervosa, o semblante tenso, Leninha era outra pessoa, o que mais aumentava a sua angústia. Obrigou-a a ir logo ao assunto:

– Então, do que se trata?

Era a velha história, nada mais que a velha história, tantas vezes repetida e sempre tão nova em sua crueldade, e que, por mais que se tente minorá-la, dói fundo como um punhal cravado no peito: estava tudo acabado. Irremediavelmente acabado. Ela não tinha mais como disfarçar ou prolongar a constrangedora situação: não mais gostava dele e, em troca, apaixonara-se por outro.

– Você não tem notado como ultimamente eu tenho estado fria com você?

A pergunta aumentava a dor, já enorme, era quase um insulto.

Qualquer coisa mais que ela dissesse era melhor não dizer. Não, não tinha. Como poderia, se ela continuava beijando-o longamente, como se lhe quisesse chupar a alma pela boca, fazendo amor aos gritos e gemidos como uma enlouquecida, toda sorrisos, ciúmes e exigências? Mas não havia o que discutir. Era um golpe terrível, mas não havia o que discutir. Diante da surpresa e da decepção, só havia uma atitude digna: retirar-se, carregando, com ele, em silêncio, todo o peso daquela dor. E partiu da casa de Leninha como um náufrago, a quem não dão sequer uma mísera prancha onde agarrar-se. Não bebia, mas, nessa noite, parou num bar. E, ao chegar ao seu apartamento de solteiro, já tarde, tinha o andar trôpego e o olhar embaçado dos bêbados. Em casa, ainda bebeu bastante. Depois, atirou-se à cama, vestido como estava, aos soluços. Por que ela fizera aquilo? Quem era o outro homem? Desde quando ela o vinha traindo? Eram perguntas que talvez já não importassem – e cujas respostas certamente lhe aumentariam a mágoa –, mas que não lhe saíam da cabeça, apesar da embriaguez.

De súbito, alguém tocou a campainha da sua porta. A princípio os toques, apesar de altos, soaram-lhe distantes, como sons de um outro mundo, irreais e confusos. Porém foi tal a insistência, que acabou por identificar de onde vinham aqueles ruídos. Quem seria? O que lhe queriam? Quase nunca o incomodavam, nunca era visitado sem aviso prévio por nenhum amigo, não conhecia ninguém no prédio. Por um minuto, fazendo enorme esforço para pensar, tentou decidir se devia ou não atender. Como a campainha não parava, acabou por erguer-se, e, completamente tonto, as pernas bambas, batendo-se pelas paredes, caminhou até a entrada. Com dificuldade conseguiu virar a chave no trinco e entreabrir a porta. À sua frente, uma senhora, aflita, suplicava-lhe:

– Doutor, eu sou sua vizinha daqui do prédio, eu sei que o senhor é médico. A minha mãe está passando mal, por favor, pelo amor de Deus, venha comigo!

Assassino

Vestido ainda de branco, o médico não entendeu. Médico? Que médico? A figura da mulher, duplicada, confusa, dançava à sua frente, ele não conseguia nem compreender-lhe as palavras nem fixar-lhe a fisionomia. Franziu a testa, o olhar sem vida, afogado de álcool e lágrimas. A mulher implorava-lhe, em desespero, quase chorando:

– Depressa, doutor! Depressa!

Ele continuava não entendendo, mal conseguindo permanecer de pé. Tentando fixar o olhar e empenhando-se fortemente para emitir o som da voz pastosa, grunhiu:

– Me deixe em paz!

E tornou a fechar a porta na cara da criatura aflita, voltando trôpego e tonto para o quarto, ao zoar enfurecido da campainha. Tentou livrar-se, sem êxito, da roupa suada do dia inteiro, conseguindo, no máximo, arrancar os sapatos com os próprios pés. E deixou-se cair, mais uma vez, sobre a cama, mergulhando imediatamente num sono profundo, quase um coma.

Acordou dia claro, o sol, da janela com as cortinas abertas, batendo no seu rosto. Sentia a cabeça dolorida, um gosto amargo na boca, o corpo emperrado e doído, como se tivesse levado uma surra. A véspera e a bebedeira, como nunca tomara, pareciam-lhe agora um pesadelo, e era a custo que tentava coordenar as idéias, para certificar-se do que, efetivamente, ocorrera. E, logo, na sua cabeça dorida, voltou-lhe a imagem cruel de Leninha acabando o noivado, e confessando a paixão por outro homem. Suspirou fundo, um suspiro de um peito onde só havia mágoa, tentando espantar aquela visão do pensamento. A vida parecia-lhe, naquela manhã de chumbo, um longo caminho deserto e sem sentido. Agora que faria? Como acordar, dali por diante, todos os dias, e enfrentar o trabalho, e sorrir, e sonhar, e viver? Como se ainda estivesse sob o efeito do álcool libertou-se das roupas da véspera, encaminhou-se nu para o banheiro, fez a barba quase sem enxergar o próprio rosto, tomou um demorado banho quente, obstinando-se por fazer o que sempre fazia, e partir para arrostar um longo dia de trabalho árduo. E até pensou que era melhor se houvesse bastante trabalho, que não parasse um único instante, que não tivesse nem um segundo para pensar no seu infortúnio, aquela dor que lhe varava o peito ainda mais dolorosamente que na véspera. Vestiu-se, tomou um cafezinho solúvel, sem mais nada, e saiu. Mas, ao sair do apartamento e fechar a porta, levou um susto: bem grande, estava escrita, nela, com tinta vermelha, a palavra assassino. Franziu a testa. Assassino? Na sua porta? O que significava aquilo? Que brincadeira mais sem graça era aquela? Sem entender, dirigiu-se ao elevador. Na cabine havia um papel colado, onde se podia ler, com a mesma tinta vermelha: Dr. Alberto: assassino. Tentou arrancá-lo, não conseguiu. Ao chegar à garagem havia um outro papel igual, preso ao limpador do pára-brisa do seu carro: Dr. Alberto: assassino. Indignado e sem entender, chamou o garagista:

– O que significa isto?

Encabulado, o homem abaixou a cabeça:

– Sei não senhor.

Ele insistiu, enérgico:

– Sabe, sim. O que é isto? Escreveram no elevador, escreveram na minha porta!

O homem não teve coragem de erguer o olhar:

– É que o prédio todo tá revoltado, doutor. Dizem que foram buscar o senhor pra socorrer a velha do 303, o senhor não foi e a criatura morreu.

Ele então lembrou-se, muito vagamente, como se fossem imagens confusas e irreais de um pesadelo, da campainha da porta, da mulher aflita à sua frente, pedindo qualquer coisa. Jamais conseguiu explicar-se aos outros moradores, nem foi recebido pela família da anciã morta. Acabou desistindo e mudando-se.

A OPORTUNIDADE

Quando o velho funcionário, já em fim de carreira, Valdomiro Silveira Queiroz, recebeu, das mãos daquele jovem, a sua ficha de inscrição, já devidamente preenchida, para o concurso à sua admissão na empresa – o mesmo concurso que ele, Valdomiro, havia prestado, há trinta e cinco anos –, notou-lhe, de imediato, algo de muito familiar. Eram a fisionomia, a expressão do rosto, e mais alguma coisa além e imprecisa que, ele próprio, não soube definir. Enquanto o rapaz afastava-se, não resistiu a verificar-lhe a ficha, que já colocara, mecanicamente, sobre as outras dos outros candidatos. Então veio-lhe a primeira surpresa, enorme: ele chamava-se Valdomiro Silveira Queiroz. Exatamente o seu próprio nome, inteiro, sem nenhuma diferença. Intrigado, o vinco forte na testa, que já emendava com a vasta calva arrodeada por escassos cabelos brancos, seguiu a leitura da ficha. E o seu espanto multiplicou, ao perceber que os nomes dos pais do candidato eram, precisamente, os nomes dos seus próprios pais, já mortos há alguns anos: Theobaldo Nunes Queiroz e Marieta Silveira Queiroz. Como podia ser aquilo? Além do nome, os nomes dos pais! E foi com um verdadeiro terror que leu, finalmente, o endereço do moço: Rua Tingui nº 70, o mesmo endereço que ele próprio tivera, quando tinha a idade do rapaz! E que idade teria ele? Olhou: vinte e cinco anos. Nada mais, nada menos, que a idade com a qual ele, Valdomiro, prestara aquele concurso e fora aprovado em terceiro lugar, passando a trabalhar naquela empresa. E ainda: a mesma data do seu nascimento, 25 de janeiro. O que primeiro lhe ocorreu, foi que tudo não passava de uma brincadeira. O jovem resolvera, simplesmente, divertir-se à sua custa e, informando-se, de alguma maneira, do seu nome completo e data de nascimento, dos nomes dos seus velhos e do seu antigo endereço, preenchera aquela ficha. Mas por quê? Para quê? E como explicava tê-lo achado tão familiar, a ponto de ir bisbilhotar-lhe a ficha de inscrição, coisa que ele jamais fizera com nenhum candidato? Aflito, buscou as fotocópias dos documentos do jovem que, obrigatoriamente, deveriam estar anexadas à ficha: lá estavam elas, completas, nítidas, autenticadas, desfazendo-lhe a suposição da brincadeira. Pálido, muito pálido, de uma palidez mortal, via-se diante de um desses fenômenos inexplicáveis, acachapantes no seu ilogismo. Como podia? Era como se fosse ele próprio voltando, na plenitude dos seus vinte e cinco anos, trinta e cinco anos depois, e prestando aquele mesmo concurso, com a mesma sôfrega esperança e o mesmo angustiante desejo de ser aprovado. Mas como podia, se ele próprio ali estava, encanecido e gasto, porém vivo e lúcido, e tão cheio de espanto? A ficha do candidato nas mãos trêmulas, nas mãos as fotocópias autenticadas dos documentos, não sabia o que fazer. E era tão grande o seu pasmo e o seu terror de tão grande absurdo, que nem lhe ocorria alcançar o rapaz, e sacudi-lo, e mostrar-lhe os seus próprios documentos com o seu nome, os nomes dos seus pais, e saber do Valdomiro jovem o que ele, o Valdomiro velho não sabia. Quando lembrou-se de fazê-lo, já o candidato sumira-se. Esmagado e aturdido, o seu primeiro ímpeto foi correr àquele endereço que ele tão bem conhecia, a ponto de poder descrever-lhe os cômodos com pormenores, e, entrando naquela casa que fora a sua, penetrar o mistério, e desfazê-lo. Mas não se moveu. Uma força, estranha e grande, paralisava-o, mostrava-lhe a inconveniência do seu gesto. Sentia-se diante de uma situação que lhe exigia cautela, e que era o próprio indecifrável mistério da vida, inacreditavelmente repetido. Profundamente místico, Valdomiro

A Oportunidade

Silveira Queiroz, o velho, aterrorizava-se diante do Valdomiro Silveira Queiroz, o moço. E preferiu recolher-se para pensar, embora o seu aturdimento não lhe permitisse ordenar as idéias mais simples. Por algum tempo, na solidão do seu frio apartamento de solteiro, o velho funcionário convulsionou nas possibilidades daquela incrível reedição de si próprio, sem coragem de atacá-la de frente e sem, ao mesmo tempo, negar-lhe a evidência ou esquecê-la. Voltara. Inegavelmente voltara. Mas como? Por quê? Para quê? O longo caminho percorrido fora triste e vazio, onde apenas tivera de despedir-se, um a um, de todos os seus sonhos. Para que voltar? Era o que o intrigava, ainda mais que a própria volta.

Valdomiro Silveira Queiroz, bem se vê, não era um homem comum. A um homem comum jamais ocorreria algo de tão extraordinário, como ver-se voltando, com vinte e cinco anos, trinta e cinco anos depois, e percorrendo o mesmo caminho já percorrido. Mas tinha todas as qualidades e fraquezas, sobretudo fraquezas de um homem comum, entre as quais a de curvar-se, submisso, diante do incompreensível, e, o que é ainda pior, interpretá-lo de acordo com as suas conveniências e limitações. E, longe de investigar ou repelir aquele fenômeno, aceitou-o como um sobrenatural acontecimento do qual seria, a partir dali, um espectador onisciente. Sim, porque era ele próprio quem voltava, e ele teria a oportunidade, jamais concedida a nenhum outro mortal, de rever-se, fazendo o que já fizera. E mais: saberia tudo antecipadamente, como um deus. Mas, se isto lhe parecia claro, embora inexplicável, permanecia a angustiante pergunta, como a verdadeira chave do mistério: para quê? Sim, para quê, se nem lhe dera prazer aquele caminho percorrido, um caminho onde houvera mais cactos que rosas, mais poeira que sombra, mais solidão que aconchego? E, esquecendo o cansaço dos seus sessenta anos mal remunerados, mal reconhecidos e mal-amados, decidiu fiscalizar de perto aquele outro eu tão estranhamente surgido do passado, na busca da resposta à sua mais angustiante pergunta: para quê? E, sempre que não estava na empresa, cumprindo as suas inevitáveis obrigações, e sempre que não estava satisfazendo as necessidades do corpo, ocupava o espírito e a mente na decifração do mistério. Punha-se naquela Rua Tingui, tão sua conhecida, diante da casa nº 70, onde sabia estarem, lá dentro, os seus pais ainda vivos, e via sair o moço Valdomiro às horas em que, ele próprio, costumava sair naquele tempo, e ir para onde ele ia, e fazer o que ele fazia, e até namorar a namorada que ele namorava, a bela e carinhosa Cândida, o grande amor da sua vida. E foi assim que o viu marchar, que se viu marchar, resoluto, no dia do concurso, para enfrentar, em prova escrita e dificílima, as centenas de outros candidatos às poucas vagas da empresa. Como funcionário graduado viu-o, viu-se, na sala de exame, respondendo à prova. Era o seu mesmo semblante concentrado, a sua mesma esperança, a sua mesma determinação. E foi naquele exato momento, em que o viu, em que se viu fazendo aquela prova, tão ansioso e, ao mesmo tempo, tão seguro dos seus conhecimentos, que respondeu à própria pergunta, e entendeu o porquê da volta inusitada: era a oportunidade. A oportunidade de alterar tudo, de corrigir todos os erros da sua vida, e fazê-la muito, muito melhor do que havia sido. E o primeiro erro a corrigir era precisamente a sua entrada naquela empresa. Fora brilhante no concurso, fizera a terceira melhor prova em meio a centenas de candidatos, fora chamado, contratado, e lá estava há trinta e cinco anos, tendo galgado, unicamente pelos seus próprios méritos, todos os cargos possíveis dentro das limitações impostas pela estrutura funcional da empresa. Tinha a consideração dos chefes e dos colegas, o respeito e a estima dos clientes. Tinha a segurança do salário certo, que lhe possibilitara uma vida tranqüila e, ao menos, digna. Mas, por outro lado, a sua vida, naquele trabalho rotineiro durante aqueles longos trinta e cinco anos, acabara por fazê-lo acomodar-se, transformando-se num indivíduo medíocre, sem nenhum brilho, sem nenhum tipo de realização pessoal, e, sobretudo,

A Oportunidade

fizera-o ir abandonando, até deixar completamente, todos os seus sonhos, que pareciam tão fortes, o maior dos quais o de ser um grande pintor. E Valdomiro lembrou-se de quanto havia sonhado com isto, de quanto se dedicara a isto, em cursos livres, em exercícios de pintura, em esboços e ensaios, e em telas e telas que preenchia de cores e formas e fantasias madrugadas adentro, e que acabaram se perdendo, nem mesmo ele sabia como, até desistir, vencido pelo cansaço daquele trabalho sem brilho que o ocupava o dia inteiro, e a falta de ânimo para continuar sonhando. O pintor, que certamente seria grande, cedera lugar ao funcionário exemplar. E isto, ele via agora, fora um erro, um grande erro, e ali estava a oportunidade de repará-lo. Nisto pensava, observando Valdomiro Silveira Queiroz, o moço, concentradíssimo, respondendo à sua prova em meio aos muitos outros candidatos. E decidiu: corrigiria aquele erro. Não lhe foi difícil, depois, sendo, como era, um funcionário graduado da empresa, ter acesso àquelas provas, e até ficar sozinho com elas, sem testemunhas. Ansioso, procurou, em meio à papelada, a prova do moço Valdomiro, encontrou-a, levou-a a um canto, o coração acelerado, como quem rouba um fruto proibido, leu-a. Não esperava sentir a emoção que sentiu, ao ver a sua própria letra do passado, a sua própria assinatura do passado, ao ler as próprias respostas, exatamente as mesmas que ele dera. Sem dúvida, aquela deveria ser uma das três melhores provas de todas aquelas, e o rapaz seria convidado a ocupar o cargo, ainda nos próximos dias. Valdomiro Silveira Queiroz sentiu-se, por alguns instantes, orgulhoso de si mesmo, como no passado se sentira ao ser chamado para assinar o contrato. Mas logo lembrou-se de que não estava ali, às escondidas, quase como um ladrão, para deixar-se comover pelas lembranças de um sentimento já esquecido, e sim para aproveitar a oportunidade única que lhe estava sendo concedida, de corrigir o erro. A sua letra, com o tempo, modificara-se um pouco, alterara-se, também, um tanto, a própria assinatura, mas ainda poderia, com algum cuidado, voltar à antiga caligrafia, e ninguém, mas ninguém mesmo, perceberia a falsificação. Bastaria fazer algumas modificações nas respostas, ou mesmo dar outras respostas, erradas, em outra folha de papel idêntica, assinar, eliminar aquela prova correta e substituí-la pela falsa. O moço Valdomiro não seria chamado e poderia dedicar-se à sua pintura, e tornar-se o grande pintor que sonhara. E chegou a tirar a caneta do bolso, mas não a encostou no papel. Susteve-a no ar, absorto em algo que não lhe havia ocorrido, até então. Teria sido, aquele emprego, efetivamente, um erro? Sem ele, o que teria sido dele, Valdomiro? Como teria sido a sua vida? Por quais dificuldades financeiras teria passado? Como teria morado, comido, vestido? Com as vendas das suas telas? Sim, era possível, mas não era garantido. Com aquele seu gesto ele estaria roubando, de si mesmo, uma segurança, e substituindo-a por uma situação inteiramente desconhecida. Atordoado, sem certeza de mais nada, caminhou pela sala, sem saber o que fazer: entrava ou não entrava na empresa? O tempo urgia, não era possível ficar ali sozinho por muito mais tempo sem despertar suspeitas. Precisava tomar uma decisão, rápido. E Valdomiro, suspirando, voltou a colocar a prova de Valdomiro, intacta, entre as outras, dos outros candidatos.

Naquela noite Valdomiro Silveira Queiroz não dormiu. Voltava a se perguntar, em desespero: para que tudo aquilo? Se não era para corrigir os erros do passado, se, nem ao menos, tinha certeza sobre os próprios erros, então para quê? E voltou a espreitar, angustiado, dia e noite, o outro Valdomiro, seguindo-o, adivinhando-lhe os passos, sabendo-lhe as emoções mais íntimas. A idéia da oportunidade de corrigir os próprios erros prosseguia em seu espírito, como a única explicação possível. E ocorreu-lhe que talvez não fosse, efetivamente, o emprego o seu grande erro daquela época, o erro que teria paralisado a sua vida, transformando-a numa calmaria medíocre, quando a desejara impulsionada pelos fortes ventos dos sonhos e, sobretudo, das realizações. E a sua angústia levou-o a fixar-se

A Oportunidade

no seu amor por Cândida, que era tão grande e todo o dominava, tendo-o, certamente, dominado a vida inteira. Fora exatamente naquela época, aos vinte e cinco anos de idade que, levado por um impulso que, mais tarde, ele próprio não saberia explicar, e do qual jamais se perdoaria, acabara o namoro. Depois quisera muito voltar, e não mais fora possível. Cândida já não era a mesma, não o queria, amava outro. E Valdomiro Silveira Queiroz, o velho, decidiu-se a não permitir que Valdomiro Silveira Queiroz, o moço, cometesse aquele erro, e tudo faria para impedi-lo, ainda que tivesse de apresentar-se e convencê-lo pessoalmente. Aguardou aquela noite, aquela noite fatídica e triste, que jamais lhe sairia da memória, e seguiu-o, o coração acelerado, ao encontro de Cândida. Sabia o que ia o moço Valdomiro fazer, sabia cada palavra que ele ia dizer à namorada, e estava determinado a impedir o infeliz desfecho. Porém, mais uma vez, houve o imprevisto. Ao vê-los, a ambos, Valdomiro e Cândida, conversando à porta da casa dela, e sabendo perfeitamente o que eles diziam, sentiu, intensamente, o que o moço Valdomiro sentia naquele momento, e lembrou-se o que não mais lembrava, e soube o que não mais quisera saber ao longo da sua vida: Cândida, a bela e meiga Cândida, que o amara tanto, não mais o amava. Valdomiro, sim, amava-a ainda muitíssimo, com o mesmo enorme amor dos primeiros dias. Mas ela, não. E fora isto que ele percebera, naquele tempo, nos seus beijos arrefecidos, nos seus olhares distantes, nas suas palavras vazias, e fora por isto que, mesmo com a alma destroçada, acabara o namoro. Depois, pusera um manto conveniente de fantasia por sobre aquele romance, tentando ocultar, a si mesmo, a dura realidade: a de que Cândida não mais o amava, e que, por isto, eles jamais seriam felizes juntos. E deixara que a imagem dela crescesse exageradamente em seu espírito, tornando-se uma fixação que tomava o espaço de todas as outras mulheres que lhe surgiam, acabando por torná-lo um solitário. Era isto que Valdomiro via, agora, perfeitamente, na penumbra da rua, onde, de longe, espreitava os dois namorados. Já não lhe fazia sentido impedir que Valdomiro acabasse aquele namoro. O gesto do moço não havia sido um erro, como ele pensara a vida inteira, nem um impulso inconseqüente. Muito pelo contrário. Naquela antecipação dolorosa de um término futuro, inevitável, havia uma atitude madura e sensata. E deixou-os, lá, cumprindo o seu destino, e saiu, pela noite, ampla e vazia, outra vez angustiado e aflito, por não atinar com a resposta para a sua pergunta: para quê? Se não era para corrigir os erros, para quê? E foi então que lhe surgiu a resposta, clara como a mais intensa e benfazeja das luzes: era a oportunidade, sim. Mas não, como ele pensara a princípio, de corrigir os seus erros, que, se os houvera, haviam sido esplendidamente humanos e sinceros, mas de reencontrar, dentro de si próprio, ainda que aos sessenta anos de idade, o Valdomiro moço que ele fora, com todos os seus sonhos, todas as suas esperanças e, sobretudo, com toda a determinação de realizar os seus objetivos. E, nesse mesmo dia, que já vinha amanhecendo com uma luz forte, em tudo semelhante à que já o iluminava e o aquecia, no seu íntimo, Valdomiro Silveira Queiroz comprou telas, tintas e pincéis para retomar as pinturas do Valdomiro Silveira Queiroz, o moço, e olhou, e até sorriu e piscou para aquela vizinha do prédio defronte, que ele, até então, nem havia notado.

CHICO DO MORRO

Era o velho chicote de couro cru, que doía e queimava como fogo, e chegava a lascar a carne, de tão duro. Ele segurava firme, com raiva, e batia, batia. As correias lapeavam, com força, o dorso e o peito nus do velho, tirando sangue, e o velho encolhia-se, tentado proteger o rosto, e gemia, pedindo clemência, enquanto mais forte ele açoitava. O velho arfou, mais uma vez, com voz sumida.
– Páre, filho! Pelo amor de Deus, páre! Cê vai me matar!
É, ia matar. Matar. Sorriu. O chicote apertado na mão firme, mão de homem forte, batia, batia. Não sabe se disse ou pensou, mas as palavras eram muito nítidas:
– Não era assim que o senhor fazia comigo?
O velho gemeu:
– Perdão... perdão...
Era um corpo inerte, o corpo que ele surrava, o velho já não falava nem gemia. Metido apenas na sua velha calça, sem camisa, jazia ensangüentado no chão. Às quedas, de bêbado, largou o chicote, foi até o armário onde ficavam as garrafas de cachaça, pegou uma pelo gargalo, destampou-a, virou na boca, tornou a guardá-la. Depois, andou tropeçando até o pai, tentou carregar o cadáver, não conseguiu. A cachaça venceu-o, caiu estirado ao lado do morto, a cara colada com a cara dele, enorme, horrível. Era estranho, mas a cara do morto não parecia morta, os olhos, muito grandes e vermelhos, olhavam-no. Ergueu-se, assustado. A camisa do velho, onde estava a camisa? Encontrou-a, tentou

A Assinatura Perdida

vesti-lo. Era tão difícil vestir um morto, aquele morto parecia maior que a camisa. De repente, o defunto estava pequenininho, nas suas mãos, e ele o vestiu como se veste um boneco. Deixou-o, a seguir, e foi ao quintal, pegou uma pá, cavou um buraco enorme. Ali, naquela cova funda do seu próprio quintal, ninguém jamais encontraria o cadáver. Mas onde estava o cadáver? Procurou-o, na sala, no armário, não estava. Sentiu medo. Será que o velho não estava morto? Ou alguém levara o corpo? Mais uma vez foi ao armário, pegou a garrafa de cachaça, destampou-a, virou-a na boca. Depois tornou a guardá-la e cuspiu no chão, como o pai fazia. Tinha certeza de que estava morto. Ou não estava? A sua cabeça rodava, não conseguia coordenar os pensamentos. Pensou que, se tivessem descoberto o defunto, ia para a cadeia. E daí? Levava algumas bordoadas, ficava sem beber algum tempo, depois ia solto. Os dois policiais, com cacetetes enormes, batiam nele, batiam, batiam. Quando pararam, surgiu, à sua frente, o delegado. Conhecia o delegado, já o havia visto várias vezes. Ele estava irritado, apontou-lhe o dedo, que parecia um revólver:

— Da próxima vez que você beber desse jeito, vai ser pior. Entendeu?

'Ele entendera. Mas tinha de beber! Nesse ponto seu pai tinha razão: de que valia a vida sem cachaça? Seu estômago roncava, a cabeça rodava, mas não tinha importância. O pior era a garganta, que ardia.

— Ressaca de cachaça só passa com mais cachaça... — disse, repetindo o que sempre ouvia do pai. Disse ou pensou? O fato é que as palavras eram muito nítidas.

Meteu a mão no bolso, para ver se achava algum dinheiro. Nada. E ele precisava beber... À sua volta, passavam pessoas com dinheiro no bolso. Gente, muita gente. Zás! Arrancou a bolsa de uma senhora que passava, correu.

— Socorro! Pega ladrão! — ouviu, várias vezes.

Embarafustou-se por uma rua, comprida e estreita, que

parecia o corredor de uma prisão, escondeu-se na portaria de um edifício de apartamentos. Abriu a bolsa, pegou o maço de dinheiro, jogou a bolsa fora, ali mesmo. Entrou num bar.

– Bote um limão aí, pessoa!

Virou de uma vez o conteúdo do copo, pagou, saiu. Não sabia por onde andava, era tudo muito confuso. Pegou o dinheiro roubado, contou rapidamente: vinte cruzeiros. Pelo menos, naquela noite, tinha dinheiro para cachaça, cigarro e mulher. Vinte cruzeiros dava até para dormir com a melhor mulher da zona, se ele quisesse. Mas faltava a cachaça, e o cigarro. Não, não dava. Para passar a noite toda, não dava. Mesmo porque, estava com vontade de fazer uma besteira. Em vez de cachaça tomar o tal do uísque. Cachaça é bebida de pobre, e ele tinha dinheiro no bolso. A casa era escura, cheia de fumaça de cigarro, havia, dependurada bem no meio da sala, uma lâmpada vermelha acesa que era o mesmo que nada. Mulheres estavam sentadas nos sofás, algumas eram gordas, outras muito magras, pareciam feias. Mas não dava para ver direito. No bar da casa, pediu uísque.

– Dois cruzeiros, a dose.

Protestou, indignado:

– É roubo!

– Quer ou não?

– Traga cachaça...

– Não tem.

Disse um palavrão. Queria cachaça, e não admitia que ali não tivesse. Onde já se viu um lugar como aquele não vender cachaça? Ameaçou quebrar tudo, mas como a mulher disse que ia chamar o homem dela, quietou. Era melhor evitar briga. Lá adiante o delegado fiscalizava-o, apontando o dedo que parecia um revólver. Atrás dele estavam os dois policiais, com cacetetes enormes. Foi sentar-se junto de uma morena magrinha que estava no canto mais escuro. Não conseguia ver o rosto da mulher. Ela perguntou:

– Tem fósforo?

Tirou o fósforo do bolso, acendeu o cigarro dela. A luz do fósforo iluminava tudo, e, ao mesmo tempo, não iluminava, porque ele não conseguia ver coisa alguma, nem mesmo o rosto dela. Era intrigante aquilo.
— Quanto é a ficha, boneca? — perguntou, cheio de importância.
— Quinze...
— E pra mim?
— Pra todo mundo...
— É roubo!
— Só vou por quinze.
— E pra dormir?
— Hoje não posso...
— Tenho dinheiro.
— Mas hoje não posso. Tenho um trabalho prás onze. Pegue outra.
— Só quero você.
— Dormir não posso.
— Tá. — Concordou. — Vamos.

No quarto, ela tirou a roupa. Mas também não conseguia ver o corpo dela direito, pois estava escuro. A mesma lâmpada da sala, vermelha, ali estava, dependurada e acesa, bem no meio do quarto, mas era o mesmo que nada. A mulher deitou na cama, completamente nua, abriu as pernas bem diante dele, mandou:
— Venha.

Ele não ouvia o som da voz dela, mas sabia que ela estava falando e sabia o que ela estava dizendo. Nisto a porta do quarto abriu-se bruscamente, a luz acendeu, não uma luz vermelha e difusa, mas uma luz bem clara, e entrou um homem, com o chicote na mão. Era um homem comprido, enorme, maior e mais forte que o delegado, maior e mais forte que os dois policiais que sempre o acompanhavam. Ele exclamou, aterrorizado:
— Pai!

A mulher desaparecera. O quarto não era mais o quarto, era tudo muito confuso outra vez. Ele queria falar, não podia, queria correr, não podia, queria gritar, não podia. Não podia fazer nada, estava todo duro e preso ao solo. Seus dentes batiam, de tanto medo. Pensou que talvez estivesse dormindo, tendo um pesadelo, e quis acordar, mas não conseguiu. Foi quando sentiu-se sacudido e ouviu o pai gritar junto dele, com a sua voz rouca e empastada de bêbado:

– Chico! Acorde, moleque! Acorde, seu vagabundo! Acorde!

Ele abriu os olhos, assustado. A cara do pai, medonha, barbada, os olhos injetados e sem vida, estava diante dele. Não era o quarto da mulher, era a sua casa miserável, e ele voltara a ter os seus quinze anos de idade. Fora tudo um pesadelo horrível. Chegara com fome, e, como não tinha o que comer, fora ao armário, tomara um pouco da cachaça do velho. Em seguida deitara no chão e dormira. O pai, que se abaixara para chamá-lo, ergueu-se, perguntou, com a sua voz rouca e engrolada:

– Trouxe alguma coisa?

Ele sentou-se, com medo.

– Não, pai. Não deu. – Como mentir, se não conseguira mesmo coisa alguma o dia inteiro, nem pedido nem roubado?

O velho não disse nada. Caminhou meio trôpego até o armário, pegou uma das garrafas de cachaça pelo gargalo, destampou-a, virou na boca. Depois deu uma cusparada no chão, tornou a guardar a garrafa, e estendeu a mão para o chicote de couro cru, dependurado na parede. Chico acompanhava-o com o olhar, onde havia medo e ódio. Ao vê-lo pegar o chicote, o terrível chicote, ergueu-se, de um pulo:

– Não, pai! Não!

O velho era alto e magro. O cabelo branco, curtinho, encarapinhado, contrastava com o pardo carregado da pele, e o corpo esguio com a força dos músculos – mesmo embriagado. Chico conhecia-lhe a força, que se conservava, a despeito da idade avançada. Tornou a pedir, os olhos arregalados, o corpo colado à parede de tijolos sem reboco, como se quisesse atravessá-la:

— Não, pai! Não me bata!

Mas o velho já empunhava firme o chicote, e partia para ele com os seus olhos duros, apesar de embaçados pelo álcool. E, antes que ele voltasse a pedir, aplicou-lhe, com força, as tiras de couro cru, uma, duas, várias vezes, não se importando em que parte elas batiam. Chico procurava proteger o rosto com as mãos, tremendo de dor, ódio e medo. Sentia que o pai chicoteava com a mesma raiva e o mesmo prazer com que ele fizera no sonho. Enquanto batia, o velho perguntava:

— Pensa que eu quero um vagabundo na minha casa, é? Pensa que eu quero um vagabundo?

Ele respondia:

— Não deu, pai! Hoje não deu!

O velho batia, batia. Então, ganhando coragem e força, de um único impulso ele se afastou da parede e correu para a porta, abrindo-a rápido e escapando por ela, enquanto o velho, com o olhar turvo, brandindo no ar o chicote, gritava, com a sua voz rouca:

— Volte, moleque! Volte!

Desceu em disparada a encosta onde morava, por entre as outras casinhas tão miseráveis quanto a dele, e prosseguiu correndo, correndo, e só parou de correr quando se sentiu completamente seguro. E seguiu, agora andando, a cabeça baixa, os olhos no chão, os olhos ardendo de dor e de raiva, mais de raiva que de dor. Como sempre lhe ocorria, nessas ocasiões, lembrou da mãe, já morta, que lavava roupas de ganho, montanhas de roupa, e em quem o pai, além de explorar, também batia. Depois da morte dela, piorou muito. Se já bebia, passara a beber bem mais, se já era agressivo, tornara-se cruel, descarregando nele a sua agressividade. Enquanto embriagava-se, metendo-se com putas e bêbados, como ele próprio, obrigava-o a pedir dinheiro nas ruas e roubar, sobretudo roubar. Tinha já os compradores certos para os relógios, as correntes de ouro, os brincos. Mas queria que ele levasse, principalmente, carteiras e bolsas recheadas, para não ter nem o trabalho de vender.

Chico andava pelas ruas, caminhando na direção do centro da cidade, remoendo a sua raiva, e nem percebeu que a noite caía depressa. O que o tirou dos seus pensamentos foi a dor no estômago, ainda maior que a do corpo dolorido pela surra. Não comera praticamente nada o dia inteiro. Ergueu a cabeça, como um animal selvagem que se prepara para a caça, na luta diária pela sobrevivência. Comer. Comer. Não importava de que forma. Escolheu a presa, retesou os músculos. Rapidíssimo, deu uma trombada num homem humilde e velho que passava, bateu-lhe a carteira do bolso traseiro da calça, voltou a correr em disparada. O homem levou um susto, demorou um pouco para entender o que acontecera, pondo-se a gritar a seguir, como a senhora do sonho:

– Pega ladrão! – e repetiu várias vezes, enquanto, com as suas pernas fracas de velho, tentava alcançá-lo.

Um outro homem, bem mais moço, correu também atrás dele. Mas quem iria pegá-lo, correndo daquele jeito? O que tinha de magro, como o pai, tinha de ligeiro e esperto.

Havia muito pouco dinheiro na carteira, apenas alguns trocados, mas, o que tinha, dava para comer alguma coisa. Jogou a carteira fora, com vários documentos dentro, pôs o dinheiro no bolso, parou num bar vagabundo, e, em pé mesmo, diante do balcão, comeu um pão com manteiga, acompanhado por uma média de café com leite. Depois seguiu, andando, andando, pela noite, pelas ruas que ele conhecia tão bem. Num largo, deitou-se, exausto, num dos bancos de cimento. Pensou na garrafa de cachaça do pai, engoliu a saliva da boca. Não voltava mais para casa, estava decidido. Ia viver sozinho, na rua, de roubo e esmola. Mais de roubo que de esmola. Era isto, aliás, que ele já fazia, mas, dali por diante, faria por ele próprio, e não pelo pai.

A fome ainda não passara de todo. Deitado no banco duro, fechou os olhos, e, acordado mesmo, prosseguiu o sonho interrompido. Ele era homem feito, comprido e forte como o

pai, tinha nas mãos um chicote igual ao do velho e uma garrafa de cachaça cheia até o gargalo. Bebeu um trago, deu uma cusparada. A garrafa era dele, só dele. E, logo, estava no quarto da prostituta outra vez. Ela abria as pernas, mandava:
— Venha.
    Ajeitou-se, também nu, por cima da mulher. Tinha dinheiro, cigarro, mulher, cachaça e chicote. Era homem.

A MÁGOA ETERNA DE DONA CIZINHA

Diante do armário aberto, Maria Rita escolhia a roupa para ir ao enterro de Dona Cizinha. Demorara bastante para decidir se iria ou não. Desde que recebera aquele telefonema de Dona Zezé, irmã da morta, comunicando o falecimento, ficara zanzando pela casa, debatendo-se na sua indecisão. Iria? Não iria? Até que, afinal, decidira-se. Por que não ir? Afinal, tudo passara. A morte acaba tudo, tudo acaba.

Magrinha, os olhos grandes, as trancinhas amarradas por dois laços de fita vermelha quase tocando os ombros, bem moreninha, Maria Rita acompanhava, com curiosidade, a visita daquele casal ao orfanato, em companhia da diretora. Ele era um homem grande, gordo, tinha um sorriso bondoso e um ar tranquilo, se estivesse vestido de vermelho, com um gorro na cabeça, ela diria que era Papai Noel. E ela era magra, tinha um nariz pontudo apontando para baixo e um olhar severo, muito parecido com o olhar da diretora. Mas, mesmo assim, Maria Rita achava-a simpática e interessante. Conversavam qualquer coisa com a diretora, Maria Rita ouvia algumas frases, algumas não entendia direito.

– Nós não temos filhos e gostaríamos de adotar uma criança... mas que fosse menina, e que não tivesse nenhum parente... não quero aborrecimentos comigo mais tarde... pode ser bem moreninha, não me incomodo... – dizia a senhora à diretora, enquanto o senhor parecia nem participar da conversa, distraído que estava com um papagaio que a diretora criava, e que ficava no poleiro da sala da frente.

A diretora consultava umas fichas, tiradas do seu armário, como se estivesse escolhendo uma mercadoria num catálogo, enquanto algumas crianças passavam, indiferentes, pela sala. Somente ela, Maria Rita, observava tudo, do seu canto, encolhida junto à porta. A diretora disse:

— Acho que tenho uma boa pra a senhora... o nome dela é Juliana. Não tem nenhum parente. Tem seis anos de idade.

Mas a senhora olhava a sala e acabou notando Maria Rita, encolhida junto à porta, com os seus olhos grandes, muito curiosos, prestando muita atenção. A senhora sorriu para ela, e Maria Rita também sorriu. Então a senhora perguntou à diretora:

— E aquela ali?

A diretora olhou Maria Rita por cima dos óculos, e sorriu, como uma vendedora que, finalmente, descobre o gosto do freguês.

— Ah, sim. Gostou dela? É Maria Rita... também não tem nenhum parente... tem quatro anos...

A senhora chamou-a:

— Vem cá, meu bem... vem cá, vem...

O senhor tirou os olhos do papagaio, também olhou-a. Mas pareceu sentir por ela o mesmo interesse que sentia pelo papagaio. Maria Rita aproximou-se.

— Como é o seu nome? — perguntou a senhora.

— Maria Rita. E o seu?

A senhora deu risada.

— Ela é esperta... — disse à diretora. — Meu nome é difícil: Narcisa. Mas todos me chamam de Cizinha. E o dele é Pergolino.

A diretora ordenou:

— Tome a bênção a Dona Cizinha e a Seu Pergolino.

Maria Rita obedeceu, beijou primeiro a mão dela, muito magra, muito ossuda, depois foi beijar a mão dele, gorda e cabeluda.

— Posso ficar com ela? — perguntou Dona Cizinha à diretora, como quem se decide por uma mercadoria.

A Mágoa Eterna de Dona Cizinha

– Pode... – concordou a diretora. E completou, como se fosse, realmente, uma vendedora: – A senhora não vai se arrepender... é uma boa menina, muito meiga, muito carinhosa...

– Então eu fico. O que você acha, Pergolino?

Ele sorriu:

– Você é quem sabe... por mim tudo bem. – E voltou ao papagaio.

Só depois de concordarem é que Dona Cizinha perguntou a ela:

– Você quer morar comigo? Você vai ter o seu quarto, a sua cama, vai ter brinquedos, vai estudar... quer?

À palavra *brinquedos* Maria Rita acendeu os olhos, mas, logo, olhou a diretora, com medo. Porém, como a diretora também sorria – o que era muito raro –, arregalou ainda mais os seus olhos grandes, e balançou a cabeça:

– Quero.

Maria Rita sentou-se um pouco na cama, diante do armário aberto. Parecia uma coisa muito simples, escolher o vestido para ir àquele enterro, mas não era. Apesar da sua decisão de ir, sentia-se, ainda, muito confusa. Não tanto pela morte de Dona Cizinha, que, aliás, nem fora uma surpresa. Sabia que ela estava doente, acamada, há muitos meses, uma doença grave e sem cura, sentindo muitas dores. Na verdade, a morte até fora um alívio, para ela própria e para a família, que acabara vivendo em função dela e da sua doença. A sua perturbação tinha outros motivos. A começar pelo fato de ela ter de ir. E Maria Rita logo emendou-se: não tinha de ir. Depois de tudo que acontecera, não tinha de ir. Mas queria ir. Ou melhor: precisava ir. Mas não conseguia escolher o vestido.

– Você quer um vestido branco, cor-de-rosa ou amarelo?

Ela não sabia. Primeiro disse que queria branco, depois cor-de-rosa, depois amarelo. Acabou sendo o amarelo. Um vestidinho simples, mas que ela achou lindo, e que a fez abrir um sorriso enorme no seu rostinho triste. Fazia cinco anos de idade, era o primeiro aniversário passado na casa de Dona Cizinha, e foi uma festa muito bonita. Seu Pergolino enfeitou a casa toda, com bolas coloridas de encher e figuras de cartolina. Havia um bolo bem grande em cima da mesa, formando a cara de um palhaço, com cinco velinhas enfiadas, e também muitos doces gostosíssimos, como Maria Rita nunca comera, em toda a sua vida. Vários meninos da vizinhança foram convidados, quase todos os daquele trecho da Rua Lélis Piedade e do Largo da Madragoa, e ela também nunca tinha visto meninos tão bonitos, tão bem vestidos. E havia também adultos, os parentes de Dona Cizinha e de Seu Pergolino, que ela chamava assim mesmo, Dona Cizinha e Seu Pergolino, pois, apesar de a tratarem como filha, não lhe tinham dado permissão para chamá-los de mãe e de pai. Como se quisessem deixar bem claro, na cabecinha dela que, apesar de tudo, ela não era filha deles. Acenderam as cinco velinhas, cantaram o *Parabéns pra Você*, ela apagou as cinco velas com dois sopros bem fortes. E houve, também, muitos presentes, como ela jamais sonhara ganhar. Mas foi, exatamente, por causa de um desses presentes, que a sua festa, tão bonita, transformou-se num castigo, e num grande sofrimento.

Quando ela acordou, naquele dia, a primeira a abraçá-la e beijá-la pelo aniversário, foi Dona Cizinha. Em seguida foi lá dentro, ao quarto dela e de Seu Pergolino, e trouxe uma caixa, embrulhada num papel vermelho, com um laço de fita em cima, muito bonito. E deu-lhe, dizendo:

– Tome. É o meu presente, e de Pergolino, pra você.

Maria Rita abriu, e ficou deslumbrada: uma boneca bebê enorme, de borracha, que fechava e abria os olhinhos, e dizia mamã. Linda! Apaixonou-se completamente pela boneca. Foi preciso Dona Cizinha ameaçar, diversas vezes, retirar-lhe o presente, para que ela concordasse em tomar o café, depois almoçar, e, mais tarde, tomar banho e vestir o vestido novo para receber os convidados. A própria festa do aniversário perdia importância, diante da boneca. Agarrada a ela, queria apenas brincar. Desgraçadamente não foi a única a apaixonar-se pela boneca. Ao vê-la nos seus braços, uma das menininhas convidadas também deslumbrou-se, e quis porque quis carregá-la um pouco. Maria Rita recusou-se terminantemente, e a menininha insistiu. Primeiro choramingou, depois pôs-se a chorar aos soluços, e a pedir a boneca aos berros. Dona Cizinha decidiu que Maria Rita deveria emprestar-lhe a boneca um pouco. Que custava? Afinal, a boneca era dela, ela ia brincar quanto quisesse, depois. Que custava emprestar um pouco à menininha, só para ela brincar um pouquinho, enquanto estivesse na festa? Porém Maria Rita não quis acordo. Por nada deste mundo deixaria a sua boneca. Era dela, só dela. Ninguém mais podia brincar. Dona Cizinha parou de tentar convencê-la, e impôs a sua vontade: tomou-lhe a boneca, à força, e deu-a para a menininha convidada. Ah, foi uma dor tão grande, que Maria Rita nem pensou duas vezes, avançou para a menina e deu um estição tão forte numa de suas tranças, que ela, que já havia parado o choro, voltou a berrar, desta vez de dor. Foi um Deus nos acuda. A mãe da menina, aflitíssima, não sabia o que fazer, e Dona Cizinha proclamou a sentença:

— Pois, pra você aprender a ser gente, a boneca agora é dela.

De nada adiantou a mãe da menina convidada protestar, de nada adiantou o choro desesperado de Maria Rita, de nada adiantaram as interferências de Seu Pergolino e de Dona Zezé, Dona Cizinha não voltou atrás, e a menininha saiu com a boneca nos braços. Ali a festa de aniversário, que antes parecia um sonho, transformou-se num pesadelo para Maria Rita. Passou a noite em claro, a cara enfiada no travesseiro, aos soluços, lembrando a sua boneca perdida. No dia seguinte a mãe da menininha convidada mandou a boneca de volta, mas Dona Cizinha não a devolveu para ela, guardando-a no guarda-roupa. Antes de tudo a educação. Maria Rita tinha de aprender a ser gente, custasse o que custasse.

O pior é que ela não sabia se aprendera a ser gente. Sentada na cama, diante do armário aberto, parecia-lhe que a sua vida havia sido uma sucessão de erros e desacertos que a levavam sempre ao ponto de partida, como se ela andasse em círculos. Estava ficando velha, os insistentes fios brancos riscando os seus cabelos crespos, algumas rugas mais acentuadas emoldurando os olhos, e continuava sozinha. Não aprendera, sequer, a ser boa, a perdoar. Por que a mágoa pelos momentos duros, se outros haviam sido bons, e cheios de afeto?

A febre, bem alta, não a deixava. Além do sarampo, fortíssimo, uma pneumonia extensa, que lhe tornava difícil a respiração. O Dr. Ladislau, muito sério, o vinco na testa ampla, chegara a recomendar o seu internamento. Mas Dona Cizinha pedira-lhe que não, e prometera cuidar dela como se estivesse internada. E o bom médico concordara, indo vê-la em casa todos os dias, mais de uma vez por dia. Dona Cizinha não a deixava um instante. Tomava-lhe a temperatura, administrava-lhe os remédios, dava-lhe comidinha na boca, dava-lhe banho na cama, afagava-lhe os cabelos, até beijava-a, o que não era muito comum. Maria Rita via ternura, quase amor nos olhos dela. Por noites inteiras ficara ao seu lado, sem dormir, morta de cansaço e de sono, porém atenta a todos os seus movimentos e necessidades. Num dos últimos dias da febre e da dispnéia, pela madrugada, Seu Pergolino chegou ao quarto dela, bocejando, e, encontrando a mulher sentada ali junto, cabeceando de sono, ofereceu:

— Vá dormir um pouco, Cizinha. Eu fico tomando conta de Maria Rita.

Mas Dona Cizinha, abrindo muito os olhos vermelhos das noites indormidas, recusou:

— Não, não é preciso. Vá você dormir. Eu tomo conta dela.

E não a deixou, até ela ficar completamente boa. Esse mesmo desvelo, esse mesmo cuidado, Maria Rita veria muitas vezes, nas pequenas coisas do dia-a-dia, na escolha dos diversos colégios que ela freqüentou, na escolha das roupas, dos livros, das amizades, às vezes excessivamente rigorosa, porém sempre para o seu bem.

A Mágoa Eterna de Dona Cizinha

Estava sendo injusta consigo mesma. Sabia perdoar, e perdoara. Dona Cizinha é que não a perdoara jamais. Maria Rita escrevera-lhe três cartas. Longas, sinceras, comoventes. A primeira, logo após tudo ter acontecido. A segunda quando Seu Pergolino morreu, e ela sabia que Dona Cizinha ficara morando sozinha, naquela mesma casa. E, finalmente, a terceira, quando a soubera presa ao leito, na enfermidade terrível que a levaria à morte. Pedira, implorara para voltar e ficar ao seu lado, cuidando dela, como ela própria, Dona Cizinha, ficara, naqueles dias do sarampo e da pneumonia. Mas Dona Cizinha não respondera a nenhuma das três cartas, o que queria dizer que não a perdoara.

– Por que não vamos até a minha casa? Eu preciso lhe dizer algumas coisas, que estou guardando comigo há muito tempo...
– Seu Osvaldo pegou-lhe a mão, com muito carinho, como nunca nenhum homem pegara, e o seu olhar era sincero.

Maria Rita nem sequer havia conhecido o pai. Seu Pergolino, embora bom, mantinha-se distante, não lhe fazia carinhos, como se ela fosse apenas alguém que ele estimasse, mas por quem não sentisse amor. E ela, já com vinte e cinco anos de idade, jamais tivera, até então, um único namorado. Sentia até vergonha de dizer isto, mas nunca experimentara um beijo na boca. Na escola, no ginásio, no curso pedagógico, na Faculdade de Filosofia, fizera amigos. Não tinha, aliás, nenhuma dificuldade em fazer amigos. Porém era vista, pelos homens, sempre como uma amiga, em quem eles podiam confiar, nunca a desejavam, nunca a queriam como mulher. Uma vez, no ginásio, até sofreu muito com isto, pois apaixonou-se por um colega que – ela não sabia – gostava de uma amiga dela, e ele a tomou por confidente da sua paixão. Nesse dia chegou em casa arrasada, atirou-se na cama aos prantos, não comeu, e foi Dona Cizinha quem a consolou, após descobrir do que se tratava:

– Deixe de ser boba. Se ele não gosta de você, não lhe merece. Está muito cedo pra você pensar em namoro. Estude, se forme, procure ser gente primeiro.

A Assinatura Perdida

Era a grande preocupação de Dona Cizinha, que ela fosse gente. E não era? Nessas horas Maria Rita tinha dúvidas, se era gente. Seguiu o conselho de Dona Cizinha, não porque quisesse, mas porque nenhum homem se interessou por ela. Estudou, formou-se, primeiro em professora primária, depois em professora secundária, e não surgia o homem da sua vida, o homem que iria fazê-la sentir-se mulher.

Um dia, Dona Cizinha, que havia ido à feira, entrou em casa toda contente, com a novidade:

– Pergolino, adivinhe quem eu acabei de encontrar! Nelma! Lembra dela? Aquela minha amiga que se mudou para Muritiba, quando casou. Lembra dela? Está de volta, por causa do emprego de Osvaldo, morando no Largo da Ribeira. Acabei de encontrar – repetiu, toda excitada. – Osvaldo estava com ela. Perguntou por você. Quanto tempo que eu não via Nelma e Osvaldo! Convidei os dois para virem almoçar aqui amanhã. Amanhã é sábado, convidei para comerem um cozido. Nelma sempre gostou do meu cozido. Até já comprei as verduras.

Maria Rita não conhecia Nelma, nem Osvaldo. Eram amizades de outros tempos de Dona Cizinha, o próprio Pergolino conhecera-os muito pouco. Beiravam os cinqüenta anos, o que os colocava quase no mesmo nível de idade de Dona Cizinha e de Seu Pergolino, que eram um pouco mais velhos. E, como Dona Cizinha e Seu Pergolino, não tinham filhos. Achou-os simpáticos, principalmente Osvaldo, bem falante e envolvente. A partir daquele almoço, passaram a freqüentar a casa.

Maria Rita gostava de Dona Nelma, que lhe parecia uma senhora muito distinta, porém gostava bem mais de Seu Osvaldo. Desde o primeiro dia em que se conheceram, naquele sábado do cozido, ele tivera sempre uma atenção especial para ela, um carinho de pai. Puxava conversa, interessava-se pelas suas atividades de professora recém-formada e recém-contratada, e, como era um homem inteligente e de razoável cultura, dava-lhe conselhos. Encontrava, também, repetidamente, pretextos para levar-lhe pequenos e delicados presentes, que a deixavam entre encabulada e feliz. Pela primeira vez um homem interessava-se por ela, tinha-lhe um carinho especial.

É difícil saber quando tudo começou a mudar, ela própria não soubera explicar, nas cartas que escrevera a Dona Cizinha. Sabia apenas que Seu Osvaldo foi se tornando cada vez mais importante para ela, e que, aos poucos, sem que ela se desse conta disto, fora deixando de vê-lo como um pai, e passando a vê-lo como um homem. Um homem maduro e vivido, que tinha idade para ser seu pai; um homem casado, que não lhe podia pertencer; mas um homem.

Talvez tudo começasse naquele dia em que, vindo do ginásio onde ensinava, nos Dendezeiros, e saltando do ônibus no Largo da Madragoa, como era seu costume, encontrou-o. Sentaram-se, contentes, num dos bancos do largo, debaixo dos oitizeiros, e conversaram muito. Nunca, em toda a sua vida, Maria Rita abrira o coração a um homem daquela forma, como naquele dia. Ele, por seu turno, fez o mesmo. E foi naquela tarde quase noite que ela soube que Seu Osvaldo, apesar das aparências, não era feliz com Dona Nelma, os dois praticamente separados dentro da própria casa, ele com planos de separar-se dela definitivamente. Pelo menos foi o que ele lhe disse naquele dia, e em vários outros, pois, após aquele encontro, era raro não o encontrar no Largo da Madragoa, quando, à tardinha, cansada de ministrar aulas o dia inteiro, voltava do ginásio. Até já o buscava com os olhos, quando o ônibus deixava a Rua Visconde de Caravelas e virava a curva do largo. E era feliz que se sentava no banco, quase defronte do Cine Itapagipe, para a prosa de meia hora, antes de ir para casa, ali pertinho. Foi então que, um dia, encontrando-o, por acaso, na Ribeira, ele pegou-lhe a mão, com muito carinho, como nunca nenhum homem fizera, e, com o seu olhar sincero, pediu:

– Por que não vamos até a minha casa? Eu preciso lhe dizer algumas coisas, que estou guardando comigo há muito tempo...

A Assinatura Perdida

Maria Rita sabia que Dona Nelma não estava em casa, passava uns dias em Muritiba, em companhia da mãe dela, que estava velha e doente. Mas, mesmo assim, não resistiu.

Sim, ela confessava, não havia sido uma única vez, nem o seguira, naquele primeiro dia, tão ingenuamente assim. Não era mais uma criança, nem mesmo uma adolescente bobinha. Era uma mulher, adulta, com desejos e necessidades de mulher. Fora porque quisera, e sabendo o que estava fazendo. E fora muitas vezes. Naquele ano Dona Nelma precisou ir muito a Muritiba, a mãe dela piorara bastante. E ela e Osvaldo aproveitaram todas essas vezes, vivendo momentos de homem e mulher, que ela jamais esqueceria.

Foi terrível, quando Dona Nelma, voltando inesperadamente de uma dessas viagens, surpreendeu-os. Maria Rita podia jurar que aquilo fora obra de alguma desocupada da Ribeira, que os denunciara. Porém, muito mais terrível, muito mais dolorosa, foi a reação de Dona Cizinha, quando soube de tudo por Dona Nelma. Fora de si completamente, indignada e quase aos gritos, ante o silêncio covarde e constrangedor de Seu Pergolino, Dona Cizinha, implacável, apontava-lhe a porta da rua:

— Saia da minha casa imediatamente! Você não é digna! Não quero ver você nunca mais na minha vida! Você pra mim morreu!

Dona Cizinha nem a deixou falar, dizer o que ela e Osvaldo sentiam um pelo outro, explicar-lhe que o casamento de Osvaldo praticamente já não existia, que eles tinham planos de ficarem juntos, nada. Dona Cizinha não queria ouvi-la, expulsava-a da sua casa como se expulsa uma vadia – ou uma criminosa. Maria Rita não teve jeito, senão ir-se.

Tudo isto fazia mais de vinte anos. A última vez que ela viu Dona Cizinha, foi de longe, no enterro de Seu Pergolino. Como não queria criar uma situação constrangedora, preferiu ir quase disfarçada, o rosto encoberto por grandes óculos escuros, e, ainda, ficar distante e escondida, onde não a pudessem ver. Foi nessa ocasião que escreveu a segunda carta a Dona Cizinha, e

A Mágoa Eterna de Dona Cizinha

ela não respondeu. Como não respondeu à terceira, quando se ofereceu para ser a sua enfermeira. Teria, ao menos, lido as três cartas? Provavelmente nem isto.

Diante do armário aberto, olhando sem ver as suas roupas, Maria Rita verificava que o seu gesto inconseqüente da juventude fizera mal apenas a ela própria, e a Dona Cizinha. Osvaldo e Nelma não se haviam separado. Depois do flagrante e do escândalo, Maria Rita e ele não mais se encontraram, e ele e Nelma acabaram voltando, juntos, para Muritiba. Só ela sofrera. Ela e Dona Cizinha, que não a perdoara jamais.

Suspirou, como se quisesse expulsar, no seu suspiro, todas aquelas lembranças de um passado que, agora, mais do que nunca, estava definitivamente morto. Iria, sim. Iria ao enterro de Dona Cizinha, e, diante do seu corpo, lhe agradeceria o que de bom ela lhe fizera na vida, e lhe pediria perdão, mais uma vez, pela decepção que lhe causara.

Ergueu-se da cama, olhou as roupas dependuradas nos cabides, agora vendo-as. E escolheu um vestido negro e sóbrio, que bem expressava o seu sentimento. E já ia vesti-lo, quando a campanhia do telefone soou, estridente.

– Maria Rita? – era a voz de Dona Zezé, irmã de Dona Cizinha. Era a segunda vez que lhe telefonava, a primeira fora para comunicar a morte da irmã. – Minha filha, eu não sei como lhe diga... Cizinha me recomendou que não queria que você comparecesse ao enterro dela... Eu sinto muito, mas, se era vontade dela, eu gostaria que você respeitasse.

Maria Rita desligou o fone, lentamente. Agora o peso de uma tristeza enorme caía sobre ela, esmagando-a. Dona Cizinha levava com ela a sua mágoa. Por quê? Por quê? Recolocou o vestido preto no armário, deitou-se de bruços sobre a cama, fechou os olhos. E, como nas vezes em que perdera a boneca e o primeiro amor, enfiou a cara no travesseiro – outra vez criança, outra vez adolescente – e rompeu em soluços.

A ASSINATURA PERDIDA

Sobre a linha do cheque destinada à assinatura, por debaixo da data por extenso, já escrita, sustou a caneta, alarmado: esquecera-se de como era a própria assinatura. A caneta suspensa, a testa franzida, não entendia. Que absurdo! Ao seu lado, o garçom aguardava, em silêncio. Diante dele, do outro lado da mesa para dois, a loura lindíssima, sua convidada para o jantar, brincava com o guardanapo, completamente desinteressada do ato vil e vulgar do pagamento da conta. A caneta levantada diante do cheque já todo preenchido, ele começava a entrar em pânico: estava pálido, suava frio. Como podia esquecer-se da própria assinatura? O que estaria acontecendo com ele? Procurou lembrar-se de outras coisas, não houve problema algum: sabia quem era, onde morava, profissão, nome do pai, da mãe, lembrou-se com toda facilidade do seu próprio telefone, do número da carteira de identidade, do CPF, até da placa do carro, que nunca conseguia guardar na memória: só não lembrava da própria assinatura.

O garçom, ao seu lado, começava a demonstrar os primeiros sinais de impaciência, pigarreando e sacudindo a perna. A loura continuava brincando com o guardanapo, ignorando tudo. A caneta sobre a linha do cheque, ele ainda tentava, desesperadamente. Não tinha a menor idéia de como assinava. O pior era que não podia dizer isto ao garçom, muito menos à loura, com quem saía pela primeira vez, e que levara àquele restaurante finíssimo justamente para impressionar. Ninguém

A Assinatura Perdida

acreditaria numa história absurda desta. Quem, em todo o mundo, já se esquecera, de repente, da própria assinatura, e unicamente da assinatura? Diriam logo que era uma brincadeira, ou que ele não tinha fundo no banco para emitir aquele cheque, o que, em absoluto, não era verdade. E, na hipótese remota de acreditarem, não seria ainda pior? O que diriam? Que ele enlouquecera, evidentemente. O garçom pigarreou mais uma vez, sacudiu a perna mais uma vez, perguntou, fingindo solicitude:

— Algum problema com a conta, doutor?

— Não, não. Claro que não. Está tudo bem com a conta. Estou muito satisfeito.

Procurava sorrir, porém só conseguia esboçar um sorriso amarelo, melhor se não procurasse rir. Agora a loura parara de brincar displicentemente com o guardanapo e já prestava atenção. Agoniado, suando frio, ele lembrou-se de que a sua assinatura estava nos seus cartões de crédito. Puxou da carteira um deles, olhou no verso: sim, lá estava ela. Mas era-lhe inteiramente estranha, como se não fosse sua. Incrível! Um emaranhado de traços retos e curvos absolutamente incompreensíveis, que não significavam coisa alguma para ele. Como fazê-la? Por onde começar? De baixo para cima ou de cima para baixo? Impossível, completamente impossível! Jamais acertaria. Nem mesmo um perito conseguiria imitar com perfeição aquela assinatura. O garçom pigarreou pela terceira vez. Educado, perguntou:

— Deseja pagar com o cartão, senhor?

— Sim, sim! — exclamou ele, achando, sem pensar, que seria a solução imediata.

Logo, porém, lembrou-se de que, nos pagamentos com cartão de crédito, também se exige a assinatura do proprietário do cartão nas vias a serem faturadas, e voltou a empalidecer e a suar frio. A loura lindíssima observava-o, agora, com os seus olhos azuis como dois lagos, curiosa. O garçom esperava que ele lhe entregasse o cartão de crédito. Mas ele, em pânico, tornou a metê-lo na carteira, e guardou também o talão de cheques, com o cheque já preenchido e não assinado. O garçom e a loura aguardavam. Ele tornou a passar os olhos pela conta, voltou a conferir o valor: era alto. Costumava andar, também, com algum dinheiro na carteira. Mas será que possuía, ali, toda aquela quantia? Sentiu-se abafado, faltava-lhe ar. Desesperado, passou os olhos pela mesa: o que procurava? Uma faca, talvez. E se matasse o garçom? Não! Tomou uma decisão: se não tivesse o dinheiro ali na carteira, matava-se. O garçom perguntou, impaciente:

– Deseja alguma coisa, senhor?

– Sim, desejo ir ao sanitário.

O garçom olhou-o, desconfiado, a loura observava-o, intrigada. Ele percebia a intenção dos olhares, sabia perfeitamente o que os dois estavam pensando. Com muita dignidade guardou a carteira de dinheiro no bolso, ergueu-se, perguntou:

– Onde é o sanitário?

Sem dizer palavra o garçom apontou a direção. Ele dirigiu-se para o local indicado, sem dar explicações. Em silêncio, a loura acompanhava-o com o olhar, agora preocupada. O garçom apanhou a conta de cima da mesa e seguiu-o, ficando de sentinela na porta do sanitário. Ele percebeu, sentiu o rosto queimar de vergonha. Lá dentro puxou a carteira e contou, aflito, as cédulas que levava, até as miúdas: era quase, quase. Faltava um nadinha de nada. Não era possível que não aceitassem! Com o dinheiro todo na mão, saiu do sanitário: o garçom estava à porta. Aproximou-se dele morto de vergonha, suando frio, como se fosse fazer-lhe a mais sórdida das propostas, porém procurando conservar a dignidade da aparência:

– Meu amigo, a respeito da nossa continha...

– Sim, senhor... está aqui... – o garçom olhava-o, desconfiado, com a conta na mão.

– Bem, houve um pequeno problema...

O que dizer? Como dizer? De chofre ocorreu-lhe uma idéia brilhante. Mais animado, prosseguiu:

– Bem, é que eu sofro de um reumatismo súbito que, de uma hora para outra, me endurece os dedos da mão direita... veja...
E mostrou-lhe, dramaticamente, a mão direita com os dedos duros.
– Foi por isto que não pude assinar o cheque e não posso, igualmente, assinar as vias de fatura do cartão de crédito... compreende?
O garçom permanecia olhando-o, sem acreditar numa única palavra. Ele continuou:
– Bem, mas eu tenho aqui um dinheiro... é quase o valor da conta... falta muito pouco... o senhor aceita, eu deixo com o senhor a minha carteira de identidade, e, amanhã, sem falta, eu lhe trago o restante.
Olhou-o significativamente e concluiu, dando uma piscadela:
– E, ainda, uma boa gorjeta, que não lhe posso dar hoje... estamos combinados?
O garçom pegou as cédulas que ele lhe oferecia com a mão esquerda, contou: efetivamente faltava pouco para o valor total da conta. Embaraçou-se:
– Bem, eu não sei... isto nunca aconteceu aqui... eu preciso falar com o gerente.
Ele adiantou-se:
– Vamos, meu amigo, vamos: eu próprio faço questão de ir com o senhor falar com o gerente. Tenho certeza de que ele vai entender.
O gerente ouviu tudo em silêncio, sem despegar os olhos da mão direita onde ele exibia os dedos dramaticamente endurecidos. Acabada a explicação, perguntou qual o valor da conta e quanto havia ali, em dinheiro. Como a diferença era pequena, concordou com a quitação do restante do débito no dia seguinte, dispensando a apreensão da carteira de identidade ou de qualquer outro documento. Olhou-o, porém, demoradamente, para guardar-lhe bem a fisionomia, com uma expressão que não admitia dúvidas sobre o que estava pensando de tudo aquilo.

A Assinatura Perdida

Ele voltou à mesa, acabrunhado. A loura mostrava-se, agora, deveras preocupada.

– Algum problema? – perguntou, arregalando um pouco os lindos olhos azuis.

– Não, não. Tudo certo. Podemos ir.

Porém não estava nada certo. Sentia-se completamente aturdido e arrasado. Nunca, na sua vida, passara por uma situação tão constrangedora. E o pior é que aquilo lhe fora acontecer logo naquela noite, tão bem planejada para ser uma noite fantástica, começando ali, naquele restaurante de luxo, passando por uma boate também finíssima e terminando na cama, com aquela mulher estupenda que há tanto tempo ele desejava, sem conseguir um encontro. E agora aquilo! Aquela situação absurda, grotesca, estúpida. Esquecer-se da própria assinatura! Como aquilo podia acontecer? Seria algum tipo de loucura específica, que ele nunca ouvira falar? Sentia-se terrivelmente confuso, nem conseguia conversar com a loura. Enquanto andavam para o carro, perguntava-se como seria o resto daquela noite. Não poderiam ir mais a nenhum outro lugar onde ele tivesse de pagar outra conta. Ou ela concordava em ir direto para a casa dele, ou a noite estaria melancólica e definitivamente encerrada. Angustiado, fez a proposta logo ao entrarem no carro, como quem faz um jogo de tudo ou nada:

– Gostaria de levá-la até a minha casa. Vamos?

E aguardou a resposta sem muita esperança, com medo de que ela, em contrapartida, sugerisse irem a outro lugar qualquer. Mas a loura sorriu, o seu sorriso lindo, e concordou. Ele sentiu-se aliviado. Todavia isto era apenas uma parte do problema. Na verdade não conseguia tirar da cabeça o fato de não poder fazer a própria assinatura. Queria tirar o assunto da cabeça, mas não conseguia. Que coisa absurda! Por que aquilo lhe acontecera? E por que conseguia lembrar-se de tudo mais, menos da assinatura? Porém, enquanto guiava em direção de casa, foi voltando a envolver-se com os encantos da loura. As curvas da moça, o

A Assinatura Perdida

perfume, os olhos azuis, as pernas e os seios apenas entrevistos e bastante imaginados, voltaram a excitá-lo. E chegou a sorrir da situação ridícula do esquecimento da assinatura, achando que, logo que chegasse em casa, seria capaz de fazer quantas assinaturas quisesse. Ela percebeu o sorriso, perguntou do que se tratava. Ele disfarçou, olhando-a sedutoramente, e dizendo uma banalidade que ela recebeu como um alto galanteio:

— Nada, meu anjo. É que eu estou feliz por estar com você.

Em casa, após ligar o som e servi-la de uma bebida, correu, furtivamente, ao gabinete e, pegando papel e caneta, tentou fazer a assinatura: nada. Outra vez em pânico passou a riscar o papel, como um menino analfabeto, tentando: nada. Puxou da carteira de dinheiro o cartão de crédito, onde ela estava, olhou-a, procurando, agora, imitá-la: nada. Não saía absolutamente nada sequer parecido. A loura, sozinha na sala, chamou-o. Pálido, alarmado, deixou o gabinete. Decididamente não entendia. O que estava acontecendo? Por que se esquecera completamente da assinatura, e apenas dela? Mentalmente continuava repassando coisas difíceis de lembrar, todas lhe acudiam, de pronto: o número da apólice do seguro de vida, os cinco telefones do escritório, as capitais dos países da Europa, até um soneto de Vinícius de Moraes, o único que ele sabia de cor, o que diz que o amor "seja infinito enquanto dure", lembrava tudo, tudo, cada detalhe da sua infância, as datas dos aniversários dos amigos, tudo, menos o diabo da assinatura. Estava tão transtornado, que até a loura, que não era muito observadora, percebeu, franziu a testa vazia e perguntou-lhe, com a sua vozinha linda, se estava sentindo alguma coisa. Ele procurou disfarçar, pondo no copo um uísque e sorvendo um gole:

— Nada, meu anjo. Está tudo ótimo.

E, aproveitando a música, puxou-a para dançar um pouco. Não demorou muito, estavam ambos nus sobre a cama. Mas ele não conseguia ter relação com o problema da assinatura na cabeça. Após inúmeras tentativas, nas quais a loura demonstrou

todas as suas extraordinárias habilidades, desistiram. Ela suspirou fundo, decepcionadíssima. Perguntou:
— Você está com algum problema?
Ele sacudiu a cabeça, confessando:
— Estou. Não consigo assinar.
Ela franziu a testa, pela segunda vez naquela noite:
— Assinar? Você quer dizer que não consegue fazer sexo...
— Não... — suspirou ele — sexo eu posso... o que eu não posso mais é assinar.
Ela irritou-se profundamente:
— E quem está pedindo pra você assinar? Eu estou pedindo pra você trepar!
Ele tornou a suspirar:
— Você não está entendendo...
Mas ela já não queria acordo:
— Não estou entendendo nem quero entender. Me leve pra casa agora mesmo.

E, erguendo-se, pôs-se a vestir-se. Não houve como contornar a situação. Levou-a embora e voltou para casa, sozinho, acabrunhado.

Passou a noite acordado, tomando uísque e rabiscando quanto papel havia do gabinete, tentando, inutilmente, fazer a infeliz da assinatura. Estava liquidado. Sem a própria assinatura não era ninguém. Lembrou-se de todos os seus documentos assinados, escrituras, contas de banco, tudo. Teria que inventar uma nova assinatura, refazer toda a sua vida, uma trabalheira monumental. E por falar em trabalheira, enquanto isto como poderia trabalhar, se no seu trabalho precisava, constantemente, assinar papéis? E como faria cheques? Que loucura, que loucura completa!

Na manhã seguinte foi para o trabalho com olhos fundos, olheiras, as pálpebras pesadas de álcool e de sono. Acabara lembrando-se de um amigo psiquiatra. Ao chegar ao escritório, a primeira coisa que fez foi ligar para ele. Pelo telefone, explicou-lhe o problema e ouviu, do outro lado, uma gargalhada gostosa:

A Assinatura Perdida

– Ora, ora! Isto é apenas uma amnésia lacunar passageira... não há de ser nada... deve ser *stress*, ou ansiedade... logo passa, você vai ver.

Mas ele continuava contando ao médico os pormenores aflitivos da véspera, cada vez mais nervoso e angustiado, enquanto ia assinando, automaticamente, os documentos que o seu auxiliar ia colocando sobre a sua mesa. Inconformado, marcou uma consulta com o amigo psiquiatra, desligou o fone, e prosseguiu assinando, sem notar o que estava fazendo, enquanto, mentalmente, decidia o que fazer da sua vida. Tirava umas férias? Viajava? Submetia-se a um tratamento psiquiátrico rigoroso? De repente percebeu o que fazia: assinava. Assustado, parou, e conferiu a assinatura: perfeita. Era exatamente a sua assinatura perdida, a sua velha e querida assinatura, como sempre a fizera. O coração acelerado, puxou um dos cartões de crédito, conferiu: perfeito. Tudo como antes, no velho quartel de Abrantes. Feliz da vida, rindo-se sozinho para espanto do auxiliar, guardou o cartão de crédito na carteira, já pensando em ligar para a loura naquela manhã mesmo. E, respirando aliviado, pegou o novo papel que o auxiliar lhe colocava à frente, e pôs a caneta, orgulhosíssimo, sobre a linha onde deveria assinar. E estancou, horrorizado: esquecera-se, outra vez, completamente, da assinatura. Ali estavam, ainda, os papéis que ele acabara de assinar, ali estava uma maldita assinatura que devia ser a dele. Mas como fazê-la? Era de cima para baixo ou de baixo para cima? E o que significavam todos aqueles traços emaranhados? Deixou cair a caneta sobre a mesa, deixou tombar a própria cabeça sobre a mesa, pôs-se a soluçar como uma criança. Como era que ele assinava? Como? Assustado, o auxiliar olhava-o, sem entender.

Impresso na **Prol** editora gráfica ltda.
03043 Rua Martim Burchard, 246
Brás - São Paulo - SP
Fone: (011) 270-4388 (PABX)
com filmes fornecidos pelo Editor.